活著比想像中麻煩

癌症、自閉，還有活著這回事

程建凱

推薦序

裂縫裡能透進陽光，沉默中能醞釀力量

魏德聖（電影導演）

「我笑著，我在呢！」讀到這句話，眼眶一熱。一句簡單的話語，卻是千山萬水走過後的吶喊與宣言。這不是一句安慰別人的話，而是對自己生命最堅定的證明。

拍攝《BIG》的過程中，我曾試圖靠近那些面對生命終點卻依然堅強笑著的孩子；如今，我在這本書中，再一次看見這樣的力量：來自一位自閉症患者、童年罹癌倖存者——他不僅活著，還努力讓每一天都活得「有聲有色」。

他無法說話，卻能用手指在鍵盤上一個字一個字地敲出心聲；無法流利溝通，卻用打字與世界談戀愛；曾是醫院裡病房一角的小小身影，如今卻用行動走過冰島、走上講台、走進眾人心中。他跌跌撞撞，但從不退縮。知道自己不是被祝福的那個「幸運孩子」，卻依然選擇站在陽光下，笑著、活著、大聲說出：「我在呢！」

我們總以為創傷是殘缺，卻忘了：裂縫裡能透進陽光；沉默中能醞釀力量；與眾不同的人，也能走出不一樣的光。

這本書不是「感人故事集」，也不是要你淚流滿面後拍拍書說：「真不容易啊。」它是作者用生命、用勇氣寫下的一條幸福之路。他不談大道理，卻一字一句提醒我們——幸福其實可以很簡單，一杯水、一陣風、一個擁抱、一抹微笑……都能讓人感覺被這個世界溫柔地接住了。

建凱讓我們明白，努力不保證會有回報，但不努力，就連「可能」也會擦身而過；勇敢不是不怕，而是即使害怕，依然往前走；而幸福，不是一個目標，而是一條「正在走的路」。

謝謝建凱寫下這些話。謝謝你用行動證明，「不完美」也能擁有完美的人生。謝謝你讓我們看見，那些我們認為的「限制」，其實是生命最獨特的紋理。

在你走過的每一步裡，我看見希望的影子。這不只是一本書，而是一場生命的演出，一場沒有台詞卻無比震撼的演出。謝謝你，讓我們有幸成為觀眾，更讓我們也想站上舞台，一起笑著、一起說：「我在呢！」

推薦序

笑著說沒事，其實內心風雨交加的你

楊月娥（資深媒體人、照顧者、作家）

如果人生是一場修行，那麼我修的這門課，叫做「照顧者的人生百味」。從母親中風、公公臥床、小女兒血癌、妹妹中風、大女兒感染腦炎……十年內一路跌撞、一路扛。很多人問我：「妳怎麼撐過來的？」其實我沒有選擇，只能把日子撐住。

成為作家不是我的夢，是命運逼我的選擇。在照顧的過程中，我紀錄下診療室內、病房走廊、和夜深人靜的哭泣聲，這也是我對自己喊話的方式。直到我讀到建凱的《活著，比想像中麻煩》，我才知道，原來被照顧的那一端，也能有這樣豐沛、深刻、又幽默的文字能量！

他寫自己是「買一送一，得了二張重大傷病卡」，這句話讓我又笑又鼻酸。我多想抱抱他的爸媽，因為我知道，育兒不難，難的是養一個全世界都說「不可能」的孩子，還能活出自己的樣子。建凱是喜願協會裡「想當作家」的願望少年，現在他甚至還寫出第二本書。他說：「這不是奇蹟，我只是沒死而已。」原來痛苦到極致竟是如此坦然。他沒有想當英雄，也沒有假裝一切光明燦爛。他只是用十八年的身體及病痛，從自閉症的視角，一點一點敲出他看到的世界，沒有說教、沒有雞湯，只有赤裸裸的生活。明明在寫化療副作用、寫插管的恐懼，但又被他的比喻逗得發笑，像在看一場黑色喜劇。他用那種你以為「自閉孩子不可能有」的文字節奏，把我們這些「正常人」搞得心碎又心服口服。

身為照顧者，這本書讓我有太多共鳴。每當他說到病痛裡的無力，我彷彿看見我當時面對生病家人的苦；但當他笑著說「我笑我在呢」，我也跟著莞爾一笑。那不只是他對人生的宣告，更是身為照顧者最想聽見的回應：「你還在，而且，你很好！」

很多人以為照顧是付出，是奉獻，其實照顧也是一種學習。我們學會不問為什麼，而是學著「就這樣吧，再撐一下就好」。建凱這本書，是對所有撐著說沒事的人最有力的陪伴。他沒有催你奮起，只是輕輕在你耳邊說：「你不是一個人，黑暗裡，我也還在。」

這不是一本要你正向思考的書，而是一本能陪你走過低谷的書；不是一本叫你堅強的書，而是一本允許你軟弱、掉眼淚、甚至大聲罵命運的書；這不是一本快樂人生指南，而是一本「活著真的好麻煩，但還是想活」的書。

建凱，是我見過最溫柔的戰士。他沒有拿劍，而是有一指神功；他沒有喊口號，而是講故事。他的故事會留在你心裡，就像那些你以為會忘記的痛，最後卻成了支持你的力量。

我想抱抱建凱，拍拍你，然後告訴你：「你做得很棒，真的！」

推薦序

每一刻的情感漣漪皆是成長的印記

吳幸芬（長榮大學應日系主任）

時光飛逝，轉眼間建凱即將升上大四，這讓人難以置信。然而，他依舊帶著那份純真的活潑、調皮，像個大男孩般。雖然不善言詞、不擅長社交與人際互動，但這並未影響他的成長與發展。儘管他的大學生活少了課後社團、與同學嬉鬧歡樂聚餐等浪漫記憶，但相同的校園、相同的課程學習，他依舊在其中探索、成長，編織屬於自己獨特的大學篇章。

建凱擁有敏銳的觀察力與旺盛的好奇心，凡事皆想一探究竟，更築起屬於自己的寫作幻想世界。成長的旅程中，或甘或苦，或喜或憂，每一刻的情感漣漪皆是成長的印記。但這些不同的滋味與心境，正是人生各個階段所面臨的挑戰與課題。這些歷練的轉變，相信帶來的不只是成長，更是一種自我成就感。

雖然建凱無法透過聲音流暢表達語言，但透過按鍵與文字傳遞，依然能精準傳達想法。事實上，他的神情與行為已足以溝通與表達。這是建凱獨有的「オリジナル／original」語言風格，是他的專屬方式。更令人欣慰的是，他熱愛寫作，藉由文字，他能分享心境、表達所見所學，讓人窺見他的世界。

四年大學時光濃縮成一本成長回憶錄，這是何等不易的事，這份珍貴的軌跡，並非每個人都能達成。相信對建凱媽媽而言，這不僅是生命的歷程，更是一段難能可貴母子生命交匯的陪伴，是共同成長，是兩人攜手編織的璀璨篇章。

期待未來的挑戰，願建凱能穩健前行，掌握方向，展現光芒，活出精彩人生！

二〇二五年五月十六日

目次

推薦序

前言

第一部分

第二部分

第三部分

華麗轉身？ 115

第四部分 我終於走進了成功的門裡 185

第五部分

大學我來了 245

第六部分

我與世界的距離——「裝正常」比登天還難 277

結語

前言

VIP 級兒子——爸媽的終極挑戰

我是爸媽的ＶＩＰ級兒子，專屬於他們的人生終極考驗。

身為家中唯一的獨子，我一出生就是爸媽的心肝寶貝，一顆貨真價實的「限量版水晶疙瘩」。限量版通常是拿來收藏的，但爸媽顯然沒辦法把我擺進玻璃櫃，於是只能隨身攜帶，戰戰兢兢，生怕哪天摔碎了還沒辦法申請退貨補償。可惜這顆水晶疙瘩既不發光，也不透亮，握在手裡像寒冬裡凍結的琉璃，卻又燙得像炙熱的熔岩，彷彿稍一用力就會碎裂，不小心碰錯了地方，卻又可能瞬間炸開，讓人進退兩難，不知該緊握還是鬆手。

當我這顆限量版水晶疙瘩在一歲半確診癌症時，爸媽正式啟動了二十四小時國寶專屬ＶＩＰ級看護模式，時刻監測、嚴陣以待，彷彿與死神進行一場無聲的拔河。深恐一個瞬間的疏忽，就會讓我這顆小小水晶疙瘩在他們眼前裂開、碎落，變成一場無法修復的悲劇。

醫院成了我們的第二個家，醫療數據比天氣預報還重要。他們的視線緊鎖著我，像是在看一根懸掛在深淵上的細線，戰戰兢兢，生怕它哪天承受不住，突然斷裂。那時的我，是爸媽手心裡最易碎的珍寶，連風輕輕一吹都能夠讓他們膽戰心驚，深怕稍有不慎，就會失去這個來之不易的「限量版」。他們的世界開始圍繞著我運轉，所有的目光、心力、時間，都投注在這場無法預測結局的戰役裡。而我，則像被層層呵護的玻璃娃娃，在父母擔憂與不安的包圍下，沒心沒肺地活著。

沒錯，沒心沒肺地活著。能要求一個一歲半的娃娃懂什麼？小小年紀的我早就遺忘了當年以醫院為家的漫長時光，唯一停留在我記憶深處裡的，就是白色巨塔裡那放眼四周的白。

白色成了我最痛恨的顏色。醫院裡，白色無處不在——牆壁是白的、床單是白的、醫生與護理師的衣服是白的，甚至連天花板都是一片蒼白。它帶著刺鼻的消毒水味，浸透在無止境的打針、抽血與吃藥的循環裡，壓迫得讓人窒息。

但白色不只是醫院的顏色，它還藏在爸媽的臉上——因擔憂而失去血色的蒼白，滲透進他們鬢角悄然爬升的白髮，像是一瞬間被時光抽乾了靈魂，將他們的青春吞噬得無聲無息。白色從來就不只是我一個人的噩夢，它是爸媽無數個徹夜未眠的證明，是那些被擔憂與焦慮腐蝕的時光。我討厭白色，可它卻深深刻在我們的生命裡，成為了一種無法抹去的印記。

留白，對於一歲半的娃娃何其沉重。

爸媽時不時地求神拜佛，祈禱我能像漫畫主角一樣「奇蹟生還」。

好消息是，我活下來了，壞消息是，願望只成真了一半——我活下來了，然後變成了他們一輩子最難解的副本，一個沒辦法跳關、也沒有攻略可以參考的高難度挑戰模式。漫畫的主角基本上都應該是超人。但我不是，我沒有超能力，我只有崩解力。我成功的崩解了爸媽對我僅存不多的期待。

我沒有披風，也沒有拯救世界的使命，甚至連拯救自己都辦不到。

如果我的人生真是一部漫畫，那它一定是個失敗的作品，沒有熱血成長，也沒有扭轉乾坤的高潮，只有無止境的掙扎和失落，只有一個小孩在現實人生裡掙扎求生，卻被迫要持續連載下去。

四歲半，我從癌症病童「華麗轉身」，變成了重度自閉症患者，這個劇情反轉得連編劇都要佩服。爸媽不但沒有等來奇蹟，還多了一個終身照護計畫，這種感覺就像好不容易還清了二十年房貸，結果隔天大地震直接把房子震垮。唉！這算啥人生劇本啊？我成功由水晶疙瘩昇華為變成案上的祖先牌位。他們恨不得把我直接供起來，逢年過節不只要來上一炷香，還得天天祈禱：「求求你，活久一點，正常一點，簡單一點。」父母卑微地只祈求有一天，他們能夠放心地離開，而我能夠獨自走下去。

只是，這可能嗎？我依然還是自閉兒。

爸媽肩上的重擔，我扛不起；他們頭上的白髮與滴落的眼淚，我看不懂。我只知道，這個世界太吵了，太亂了，太快了。

有時候，我只是想要安靜一點，慢一點，可是沒有人願意等我。

那時候的我，還不懂「異類」是什麼意思。

但我隱隱約約感覺到，自己好像和別人不一樣。

這種感覺，一直跟隨著我，直到今天。

爸媽從來不說，但我知道，他們曾經對我有過期待。他們想要的，或許不是什麼多優秀的孩子，但至少是一個能夠平安長大、健康、平凡，然後成家立業、讓他們在未來的某一天能夠放下重擔，能夠讓他們放心的孩子。但他們等來的，卻是一場永遠無法結束的戰役，一個連活著都需要被呵護、無法真正獨立的「永恆的孩子」。

爸媽的白髮越來越多，而我的未來，依舊模糊不清。

如果說我是一顆限量版水晶疙瘩，那麼爸媽就是兩個終其一生小心呵護它的人。可水晶終究不是鑽石，再怎麼珍貴，也經不起重擊。

我——活著，並不代表能夠活得好。我的未來有兩條路：要嘛是爸媽在世時幫我安排好一切，要嘛就是靠國家社福系統，簡單來說就是從VIP級水晶疙瘩，變成需要他人救濟的玻璃碎片。

我不知道爸媽是否曾在深夜裡想過：「如果這顆水晶從一開始就碎裂，會不會反而是一種解脫？」

這個問題，我也問過自己。

但無論如何，我活下來了，然後一直活到現在，帶著自閉症的標籤，帶著父母無法卸下的負擔，我漸漸長大，世界對我的要求也越來越多。未來，當爸媽的手無法再護住我這顆水晶疙瘩時，我該怎麼辦？我知道，爸媽在害怕。他們害怕我無法適應與融入這個世界，害怕這個世界無法接住我，害怕當有一天他們不得不離開時，我會像一顆沒人照顧的玻璃球，滾到世界的邊緣，然後摔得四分五裂傷痕累累。

但是，這個世界真的有留給我的位置嗎？

從小到大，我都覺得這個世界太吵、太快、太亂，我試著追趕，卻怎麼也跟不上別人的步伐。我不懂那些複雜的社交規則，不懂別人話語中的隱含意義，不懂為什麼大家總是希望我「再正常一點」，但卻沒有人告訴我，「正常」的標準到底是什麼？

我注定是個麻煩。

我不是漫畫主角，不會進化成強大的英雄，也不會變身拯救世界。我能做的，只是努力適應這個世界，努力讓自己活得「像個正常人」。

我期待那一天的到來。

希望，那一天，比世界末日再早一點點來臨就好。

第一部分

這孩子，怎麼跟預期的不一樣？

VIP級人生開局

有些人的人生，一出生就是地獄模式。

但我的人生開場，至少表面上，還算風光。

那是一個平凡無奇的日子，夕陽餘暉灑落，微風徐徐，高雄醫學院的產房迎來了一位萬眾矚目的新成員──我。

雖然不是家族裡的第一個孫子，但對爸媽來說，我可是他們人生中最重要的「頭號新手挑戰」。從確認我的存在那天開始，他們就戰戰兢兢，既期待又緊張，深怕哪個環節沒做到位，影響了這位「貴賓」的完美登場。

終於，在經過漫長的待產與陣痛後，我正式登場了。

醫生抱起我，護理師阿姨細心包裹，爸爸激動地幫我拍下人生第一張照片，以三千七百公克、頭好壯壯出生的我，讓媽媽在生產台上累到氣若游絲，差點昏過去。

沒錯，我的人生開局，完全是VIP等級的。

當我還只是一顆小小的受精卵時，我那位天才老媽早已把我的一生規畫得密不透風。從幼兒啟蒙教育到國小、國中、高中，甚至大學專業與未來人生走向，我的母親大人腦海裡早已勾勒出一張清晰無比的成功藍圖。彷彿只要按表操課，我的人生就能一路直達巔峰。

甚至，在我還在天堂排隊等著投胎時，為了確保我能順利進入明星學校，老爸老媽已經提前踩點，買下了優良學區的房子，一切超前佈署，連起跑線都已經幫我畫好了。他們做的所有準備，都是為了迎接我這位ＶＩＰ級貴賓的大駕光臨。

按照我小小腦袋的邏輯：

「優良學區房」＝「明星學校」＝「優秀學習資源」

那麼，理論上，我應該自動等於——「學習成功」。

但現實卻狠狠給了爸媽一記耳光——這條等式根本不成立。

我家的優良學區房，最後成了爸媽一切超前佈署的最大諷刺。

這條為我量身打造的成功之路，從一開始，我就沒有資格踏上。老天爺顯然不是很認同我爸媽的這場精密規畫——祂還接二連三地朝我爸媽的腦門劈了幾道響雷，炸得他們的人生藍圖瞬間變成一團燒焦的廢紙。一點修改的空間也沒留給他們，直接把未來寫成了一場不受控的實境生存挑戰。

癌症，外加重度自閉症。

爸媽的人生藍圖規畫，被我這位出場自帶BUG的VIP角色完全改寫。這場本該鋪滿紅地毯的人生大道，最終變成了一場高難度的闖關遊戲。爸媽沒日沒夜地忙著「修復系統」，試圖把燒焦的藍圖拚湊回來，結果發現這不是一場可以重開存檔的模擬遊戲，而是一場無法退出的真實挑戰。

這算老天爺的玩笑嗎？沒人知道結局最後會如何收場。這場人生挑戰模式，沒有退出鍵。但這畢竟是我的VIP人生，無論劇本怎麼改，主角永遠是我。

歡迎蒞臨！「白雪王子」

標題沒錯，我就是「白雪王子」。

這絕不是我自誇，而是當年親眼目睹我出生的現場人士一致認證的事實。據說，剛出娘胎的我，白拋拋、幼咪咪，一張粉嫩嫩的小臉蛋，驚艷了產房內所有的醫護人員。甚至連閱嬰無數的婦產科護理師阿姨們都忍不住讚嘆：「這孩子，怎麼可以這麼白、這麼嫩！」

想來，在我還不懂人事時，這張小臉蛋大概已經被偷摸過無數次了吧。

當年，我以三千七百公克的大塊頭，外加頭頂雙螺旋的霸氣造型誕生，一出生就穩坐當時婦產科病房的王者寶座，可謂人生直接贏在起跑點上。這條金科玉律，就算是我喝過孟婆湯也是不能遺忘的信念——「好的開始，就是成功的一半」，不是嗎？

畢竟，誰不想要一場童話般的開局？

但是，人生終究不是童話故事，雖然沒有壞皇后塞了一顆毒蘋果給我，但是白雪王子也沒能「從此以後，幸福快樂地生活下去」。

出生後第三天，我華麗麗地進了新生兒加護病房。

童話故事，出現了第一個變數。

為什麼會進加護病房？根據媽媽的回憶轉述整個過程，身為當事者的我真心覺得蠻瞎的，出生第三天下午剛從醫院回到家的我，直接在傍晚時發起高燒，於是乎，前腳剛出院的我，後腳又被送了回去，然後展開了我人生中第一次的醫院大冒險。

在醫院裡，小兒科醫生們做了許多檢查，始終也沒找到導致我發燒的原因，更有趣的是，當我進了加護病房，在經歷一番折騰打上點滴，哭得悽悽慘慘、汗尿齊流之後，燒——自己退了。

可是，問題來了。

燒雖然退了，但原因不明。

醫生叔叔也不敢大手一揮讓我回家，畢竟病況又有反覆，也沒哪位敢扛責任吧？於是乎，我的「新生兒加護病房十日遊」，正式開啟。

喝奶烏龜

我的母親是個職業婦女，所以當她完成坐月子的調養後，就滿血復活地回到職場繼續廝殺，為我的尿布錢繼續奮鬥。是尿布錢不是奶粉錢喔，因為我可是不折不扣的母奶寶寶，媽媽自備伙食，奶粉錢可以省一點點，同時我還能吃成米其林寶寶，健康又壯壯，打小我可是人見人誇的小帥嬰喲！

但是，提到我喝奶這件事，媽媽總是忍不住一臉嫌棄。

小BABY的我，喝奶實在太慢、太慢、太慢了，慢到媽媽都覺得時間靜止了。她總說她打了個盹，醒來我還在含著奶嘴不動如山，彷彿喝ㄋㄟㄋㄟ這件事不只是「吃飯」，還是一場長達數小時的冥想修行。

「喝奶的速度比烏龜還慢！」這是媽媽對我最深刻的評價。

有時候她等得不耐煩，還會戳戳我的臉頰，懷疑這小孩是不是喝到睡著了？

「難不成，ㄋㄟㄋㄟ也能喝醉？」

可惜事實證明，我沒睡著，我只是——慢、慢、喝。

但問題來了。

我不只喝奶慢，我還是一個超壯碩的嫩嬰！這就導致了一個嚴重的問題——媽媽的手腕在我出生沒幾日，就不堪負荷，直接累出毛病來，因為抱我抱太久，最後得了「媽媽手」。於是，當別的媽媽在積極忙著產後減肥塑身，我媽則在物理治療診所排隊就醫治療手腕；當別的媽媽帶嬰兒出去曬太陽，我媽則是忍著手痛，深深地反省——當初為什麼不生個輕一點的小孩？

當然，以上這些事蹟，我本人是絕對不記得，也不想承認的。

但是……仔細想想，這些年來我的吃飯速度——

好像，真的沒有變快過。

低耗能ＢＡＢＹ

據說，世界上的嬰兒分成兩種——高需求型寶寶和低需求型寶寶。

高需求型的嬰兒，白天活力充沛，晚上元氣滿滿，二十四小時輪番上陣折磨父母，讓家長的黑眼圈比熊貓還要分明顯。

而我呢？

我是個低耗能ＢＡＢＹ。

媽媽回憶以往時，總說我是很好帶的寶寶，晚上睡得安穩，一覺到天亮，白天也從不哭鬧，甚至連討抱都很少。說白一點，就是——省電模式全開。

發呆，是我的主業，喝奶、睡覺只是副業。

如果真要敘述我的嬰兒時期，「這孩子平時都在做什麼？」

答案很簡單——發呆。喝ㄋㄟㄋㄟ、睡覺、發呆，就是我嬰兒時期的日常生活三部曲。

我最喜歡盯著電風扇，看它從左邊慢慢轉到右邊，再慢慢轉回來，然後重複這個動作無數遍。我可以看上一整個上午，完全不膩。媽媽曾經試圖轉動我的視線，結果一鬆手，我的頭又自動歸位，準確無誤地對準電風扇，像個專業風向監測儀。

有時候，我也會趴在地上，專注地滾動我的小汽車輪胎，不推車，專推輪胎。其他小孩玩車的時候，是開車、撞車、飛車，而我的玩法則是——扶著車身，把輪胎推得順順轉轉，看著它轉動，轉動，再轉動……

轉得越久，我越開心。

媽媽一開始還會試圖加入我的遊戲，結果發現自己只是個多餘的背景物。因為我不管她做什麼，都沒有任何反應，依舊全神貫注地盯著那個轉啊轉的小輪胎。

「這孩子的專注力，未免也太強了吧？」媽媽困惑地說。

「會不會其實是個天才？」爸爸興奮地補充。

「我們是不是撿到了一個自帶靜音功能的孩子？」媽媽忍不住懷疑。

不過這份驚喜在幾個月後轉為隱約的不安——畢竟，一個能盯著電風扇轉兩個小時、對所有玩具的輪胎情有獨鍾，且不太理人的孩子，確實有點奇妙。

別人的小孩，會黏著爸媽要抱抱，會吵著要玩，會嚎啕大哭要奶喝。而我呢？我安安靜靜，自己滾著輪胎，或者癡癡地看著電風扇，沉浸在自己的小世界裡，不需要別人陪伴，彷彿不需要特別的關愛。

媽媽有時候會試圖測試我的反應，例如她故意消失一會兒，看看我會不會發現——結果我壓根沒注意她去哪了，連眼皮都懶得抬一下，繼續與我的輪胎進行深度交流。

「這孩子……真的沒問題嗎？」

媽媽開始上網查資料，越查越覺得不對勁——低需求、極度安靜、專注於物品轉動、社交興趣低……這些關鍵字組合起來，隱約指向某個她不太想面對的方向。

爸爸倒是很樂觀：「沒關係啊，他很乖，不吵不鬧，這樣不是很好嗎？」

媽媽嘆了口氣：「是很好帶……可是，也太好帶了吧？」

無視於媽媽隱約的不安，我依舊不吵不鬧，依舊能盯著電風扇發呆一整天，依舊對世界的喧囂漠不關心。

只是，當我長大後，當別的小孩開始對這個世界產生興趣時，爸媽才開始真正擔心——這台「低耗能模式」的嬰兒機器，到底還要多久，才會真正開機運行？

初旅行

我人生第一趟旅行是日本北海道。

那時我一歲四個月大，別問我對這趟旅程的印象，拜託，那麼小的年紀能記得才奇怪，不記得才正常嘛！

可是我有照片啊……

透過照片，我一點點地拼湊這趟旅程的全貌，我可以清楚地知道這趟旅程裡，我陪著爸爸媽媽欣賞了洞爺湖的花火、餵過了昭和新山的熊熊、和尼斯海洋公園裡的企鵝寶寶們說了哈囉、也跟爸爸媽媽享受了溫泉。

我們還去了登別溫泉街，那裡到處都是紅臉獠牙的鬼怪雕像。我在照片裡笑得燦爛，手裡還抓著一個可愛的小鬼娃娃，看起來毫不害怕。但問題來了——如果我真的這麼大膽，為什麼現在看到鬼怪類的影片心理還是會發毛？是不是有人在我哭得驚天動地時，悄悄刪掉了「真相」？

嗯，感覺這真的是一趟很精彩的旅行。

但是……照片真的是真實情況的記錄嗎？

我伸出胖乎乎的小手餵一隻大棕熊吃蘋果。照片中只見那隻熊隔著鐵柵探過腦袋，張開大嘴巴等著美食，照片裡的我則是開心地伸手餵熊吃蘋果，但我懷疑，下一張的照片可能就是我被嚇哭的模樣——是不是被媽媽偷偷刪除了？說不定當時的我根本是邊哭邊害怕？哪哉？

我睜著圓滾滾的眼睛，被媽媽抱著看著洞爺湖畔的花火，雖然看起來很專注，但說不定是因為煙火聲太大，我根本嚇傻了？嗯，這懷疑也很合理。

至於泡溫泉的照片，泡溫泉看起來很享受，但真相呢？會不會其實是泡著泡著我就睡著了？還是溫泉的溫度很高，把我熱昏了呢？哼！我想，爸媽應該不會承認有這種虐待小孩的事情吧！

照片可以定格畫面，卻無法保留真實的感覺。

我看著這些旅行的照片，彷彿在看一本陌生人的故事書，裡面的「我」笑得燦爛，玩得開心，彷彿這趟旅程完美無瑕。

但真正的我，當時的那個小小孩，究竟是什麼心情呢？是興奮？是害怕？是疲倦？是驚喜？還是邊哭邊玩？

這些，很可惜，我通通不記得了。

不過，光看照片就知道——

我的童年，確實很忙。

忙著哭、忙著害怕、忙著大笑，也忙著被世界記錄下來。

還忙著到處享受。

享受世界的熱鬧，享受爸媽的呵護，還有那些童年裡藏著的秘密與未知。

蚊子，是我的第一場戰役

我跟蚊子，一向水火不容。一歲多的我，因為被蚊子咬了一口，竟然搞成蜂窩性組織炎，再度華麗麗地住院去了。

能相信嗎？就只是被小小的蚊子叮了一下，我媽直接懵了。

她萬萬沒想到，懷胎十月、辛苦生下來，養了一年多的兒子，居然這麼脆弱！不是說胖一點的孩子比較健康嗎？怎麼我這隻米其林寶寶被蚊子咬一下，居然直接進了醫院？

一般小孩被蚊子叮了，頂多抓一抓、腫個兩天，最慘也不過發個炎。但我不一樣，直接來個高端進階版——紅腫、發炎、潰爛，最終晉級醫院住院ＶＩＰ席位。

媽媽看著我腫成小饅頭的手腳，腦海裡閃過一個荒謬的念頭：「這孩子是被蚊子咬，還是被毒蛇咬？難道是體質問題，他的免疫系統對蚊子過度反應了吧⋯⋯」媽媽皺著眉頭：「只是蚊子咬一口，就這樣嚴重？」這句話沒有說出口，但她的心裡隱隱覺得不太對勁。

經過這次住院事件後，我家正式進入全方位防蚊模式。

紗窗、電蚊拍、防蚊貼一應俱全，爸媽嚴格執行「蚊蟲零容忍政策」，家裡的蚊子數量驟減，甚至可以說是絕跡。甚至就連屋裡飛過一隻果蠅，他們都要確保它不能靠近我方圓半步。但媽媽心裡清楚，這不是重點。

她開始注意到，我似乎特別容易出狀況。

我打完預防針的大腿，莫名地腫了一個大包，熱敷按摩都沒有改善，這讓媽媽更加擔心了。她會懷疑，是不是連我的體質，也和別的小孩不太一樣？媽媽的直覺告訴她，這應該不只是單純的「免疫過度反應」這麼簡單。

不過，那時候她還不確定。

蚊子事件，只是個開始。

這件事，很快就被接下來出現的更大的問題蓋過了。

只不過，那時候的我們，還沒有人知道——

真正的病，還在前面等著我。

第二部分

不是奇蹟，我只是沒死而已。

當喜劇變成驚悚片

打完例行性的預防注射後，我的大腿上隆起了一個不太對勁的腫包。它不像普通的瘀青，過幾天就會自行消退，反而隨著時間推移，變得越來越「穩重」，彷彿打算在我腿上長期定居一樣。

歷經「蚊子叮咬住院事件」後，已經進入高度戒備狀態的媽媽開始擔心起來。這次，她不敢掉以輕心，立刻詢問了幫我打針的小兒科醫生，得到的建議是：「熱敷＋按摩，應該會慢慢消。」

於是，媽媽開始每日進行「熱敷按摩」儀式，一邊按，一邊心裡默念：「快點消、快點消……」天天按壓這顆頑強的腫包，希望它識相地縮小，然後滾蛋。

但是現實總是比想像來得殘酷。

這顆腫包不但沒消，還堅強地隨著我的體型同步成長。

就像我愈來愈圓嫩的臉頰一樣，這顆腫包也愈來愈圓，愈來愈飽滿，愈來愈有

「存在感」，彷彿就是我身體的一部分。

媽媽終於坐不住了，決定帶我去醫院檢查。

她原本只是抱著「查個心安」的心態，覺得可能只是個膿包，頂多讓醫生幫忙引流一下，只會讓我疼痛一下，哭一場然後就沒事了。

但沒想到，這一檢查——

這一次檢查，直接改寫了我們全家的人生劇本。

溫馨親子喜劇，正式變調。

我們的故事，從這一刻起，轉換成了驚悚恐怖片。

○．○○○一％的機率，一○○％的震撼

爸媽做夢也沒想到，癌症這種東西，竟然會出現在一個才一歲半的娃娃身上。

老實說，直到現在，我也還是覺得很不可思議⋯⋯

我到底是怎麼跟惡性腫瘤扯上關係的呢？

伊文氏肉瘤（EwingSarcoma）——聽說這玩意的發生率是每十萬人中○．一人，而我——剛剛好就是那個○．一。

更絕的是，它主要好發於十到二十歲的青少年。

但問題是，我當時才只有一歲半。

一歲半。

一歲半！

這個癌症是不是走錯地址了？

它到底是怎麼找到我呢？

醫生看完超音波的影像報告，輕描淡寫地告訴爸媽，這顆腫包應該是惡性腫瘤，建議先住院治療再說。那簡單的一句話，沒有鋪陳，沒有遞進，沒有任何戲劇化的情緒鋪墊，乾脆俐落得像是在宣布：「這杯咖啡有點苦，建議加點糖。」但聽在爸媽耳裡卻比原子彈爆炸還來得更加震撼。

「再說？」媽媽愣住，手緊緊抓住報告，感覺像是握著一張判決書。

「再說？」爸爸皺著眉，臉色蒼白，像是試圖從這句話中解碼出另一個可能的答案。

癌症？

惡性腫瘤？

住院治療？

所有可怕的字眼接二連三砸在爸媽的腦袋裡，卻沒有任何預警，沒有緩衝，沒有過渡，這突如其來的結果，讓他們連思考的空間都沒有。

媽媽當場淚崩，爸爸則是陷入靈魂出竅模式，雙眼發直，像是系統當機的電腦，努力試圖重新啟動。

而我呢？

一歲半的娃娃懂什麼？

媽媽的眼淚不停掉落，衛生紙一張接一張地被揉爛。我好奇地伸手，抓住她手裡那張還未完全濕透的紙巾，用小小的手指專注地扯碎它。

白色的紙屑，紛紛落在醫院候診間的地板上。

我看著那點點的白，咯咯笑著，指著那些碎片，覺得這是一場有趣的遊戲。

那時候的我，還不懂什麼是癌症。

只知道，這些掉落的白色碎片，輕飄飄的，很美。

那時候的我，從未懷疑——

這份白，會在未來的光陰裡，將我吞噬，覆蓋。

手術門外的等待

二〇〇五年六月六日，媽媽說她永遠記得那一天。似乎，從那天起，她的人生就被一連串的淚水佔據了，淚眼矇矓的視線中，她找不到「幸福」在哪裡，因為她的心肝寶貝——我，確診癌症了。

爸媽開始狂刷醫學資料，開始努力地探詢所有的醫學建議，他們努力地尋找一份能夠推翻確診癌症的可能，無助地慌亂不安，從此糾纏著我的雙親，化成一縷縷蒼白，爬上爸媽的髮；皺紋則像病歷上的褶痕，一條一條寫滿了焦慮與疲憊，在歲月的夾縫中加深，壓得他們的笑容逐漸變形。

歷經一連串的醫學檢查後，爸媽還是遵照醫囑把我送進了手術室，理智告訴他們，這是最好的處置措施，但是但是——情感上，他們怎麼也無法接受，這麼小的我，竟然要躺在那張冰冷的手術台上。

媽媽緊緊握著我的小手，在我被護理師抱走前，低聲在我耳邊一遍遍地說：「不會痛、不會痛，寶貝，你睡一覺，起來就好了……」她的語氣像是在安撫我，但其實更像是在安撫自己。

手術室門關上的那一刻，世界變得無聲。爸爸攥緊拳頭，眼神空洞地盯著那道門，彷彿這樣就能透視裡面的狀況。他想說些什麼，卻又不知道該說什麼，最後只是長長地吐出一口氣，把自己摁進冰冷的塑膠椅上，雙手交握，手指不自覺地收緊。

紅色的「手術中」燈號亮起，彷彿為這場戰爭拉開序幕。

時間，彷彿在這條手術室外的走廊凝結，空氣變得沉重，每一秒都被拉長成無盡的煎熬。爸媽的世界被壓縮成幾張冰冷的長椅，還有那道門後的未知。

他們只能等待。

等著手術室外的螢幕上跳出「手術結束」的字樣，等著醫生走出來，等著一個他們不確定能不能承受的答案，等著老天爺施捨一絲憐憫。

是希望，還是絕望？

沒人知道。

不放手的理由

當癌症切除手術結束後，聽說，醫生叔叔從我的大腿上切下來一團約莫雞蛋大小的肉瘤。

這段往事我純粹只是「聽說」。

一來是那顆肉瘤早已被毀屍滅跡，我連影子都不曾見過；二來是手術結束後我麻醉未退，身上只剩下疼痛與昏沉的感覺，插著呼吸器無法出聲的我，只想找到媽媽，找一個能讓自己安心的懷抱。小小年紀的我不明白，我只是睡了一覺，怎麼身上就出現如此天翻地覆的變化，我一味地哭，我害怕。

「為什麼我只是睡了一覺，醒來後卻多了許多管子？」

「為什麼我的腿這麼痛？」

「為什麼眼前的一切，變得如此陌生？」

我害怕，哭泣聲斷斷續續，卻沒人能理解我的求救。

後來我還聽說，當年手術結束後，媽媽經過醫生的准許提前進入恢復室陪伴照顧我，喊不出媽媽的我，在媽媽身上熟悉的氣味靠近時，我的哭聲奇蹟般地弱了下來，躁動不安的情緒彷彿被安撫了而得到緩解。媽媽輕輕地抱起我，我的臉埋進她的懷裡，感受到溫暖，感受到安全感，感受到——我不是一個人。

那一天，我緊緊抓住媽媽的衣襟，像是抓住唯一的浮木，不願鬆手。

那一日，媽媽也沒有放開我。

那一日，媽媽的懷抱，比止痛劑更有效。

癌症這回事，沒有武林秘笈

手術順利結束後，醫生從我大腿上切下了一團雞蛋大小的腫瘤。

聽起來，這場與癌症的對決似乎告一段落了。

但事實才不是這麼簡單，這不過是我抗癌戰爭的第一回合，真正的惡鬥還在後頭。

第一回合，程建凱 vs 腫瘤切除手術，險勝。

第二回合呢？「化療」這位大魔王才剛要登場。

「化療」——光聽名字就很不好惹。我們對它一無所知，只在電視劇裡看過癌症病人如何痛苦掙扎，稍稍了解一點它的威力。

於是，爸媽開始瘋狂查資料。醫學論文、網路上的各式癌症討論區、各項醫療新聞……電腦搜尋記錄全都是「癌症治療最新進展」、「化療副作用如何減輕」、「抗癌成功案例」。短短幾天，爸媽的搜尋紀錄已經足夠整理成一篇《如何在絕望中尋找奇蹟》的長篇論文，如果這是一場考試，他們早該榮獲「癌症學概論」的榮譽博士學位。

但他們越查，心裡越涼。

癌症治療過程根本不像武俠小說的情節，根本沒有一項絕頂神功能讓癌細胞瞬間煙消雲散，也沒有什麼靈丹妙藥能讓我藥到病除。治療沒有捷徑，這是一場沒有武林秘笈、沒有內功修煉的硬仗。

我只能自己硬生生地扛過去。

噁心嘔吐，家常便飯的事，吐著吐著，也就習慣了。

毛髮掉落，沒關係，頭髮掉光了，剛好省了洗頭的麻煩，就算是光頭我也是可愛小帥哥一枚。

化療讓白血球數值下降？即使發著高燒，我還是能精力十足地在病房裡跑來跑去。在兒科病房裡，我一直是個勇敢的抗癌小鬥士。有時候，主治醫生來查房，看到我精神奕奕的樣子，還會露出微妙的表情：「這孩子狀況……怎麼比我們想的還好？」

爸媽半信半疑，醫生則是冷靜補充說明：「有時候，小孩的身體，比大人更能撐。」

是的，「撐」。

這場戰爭，沒有訣竅，沒有捷徑。

能活下去的，都是撐過去的。第二回合的戰爭，我的對手不只是癌症，還有化療帶來的副作用。

這場戰役，才剛開始。而我，還會繼續撐下去。

鐵病房

我是在高雄榮總的兒科病房接受癌症治療的。

那時候的兒科病房裡有一間單人病房非常的特別，門口不是一般的木門或玻璃門，而是一扇厚重的鐵門，和其他病房的門完全不同。

只要那扇門關上，外界的聲音就會瞬間消失，像是被隔絕在另一個世界裡。那是我在治療期間最常入住的病房。

為什麼是這間鐵病房呢？

化療最可怕的威脅不是嘔吐、掉髮，而是在藥物發生效用的無差別攻擊，不僅殺死癌細胞，連體內正常的細胞也會一塊遭殃，所以化療病人最擔心的就是免疫力低下，而完全無法發揮作用。因此在治療期間，一個普通的感冒病毒、一次小小的細菌感染，對我來說，都可能變成致命威脅。

這座鐵病房，其實就是我的庇護所，也是讓我與世界保持距離的隔離艙。

它隔絕了聲音，隔絕了塵埃，也阻擋了外界對我的威脅，甚至——阻擋了世界本身。

在這裡，我必須與世界保持距離。

水果要吃能新鮮去皮的——因為怕有細菌。

所有進來的人都得消毒——因為怕帶病毒。

親戚朋友想探病？謝絕訪客——因為怕感染。

我不知道這樣的生活會持續多久，只知道——

這間病房，成了我短期內唯一能夠安全存活的地方。

每回住院，爸媽總是大包小包地扛著行李，宛如搬家一樣。

進門第一件事就是地毯式清潔，從床邊欄杆、牆壁、桌面到門把，連醫院已經消毒過的地板，他們都要再來一遍，像是在執行「細菌殲滅戰」，誓要把所有看不見的敵人趕盡殺絕。

「醫院已經消毒過了，這樣應該夠乾淨吧？」護理師阿姨笑著說。

但爸媽不敢大意——他們惟恐有哪怕一顆小細菌、小病毒漏網，潛伏在這病房的某個角落，伺機對我發動攻擊。

剛開始，我還不太能理解為什麼爸爸媽媽要如此地大費周章，但是這些「繁瑣」的防疫措施，真的不是在開玩笑。

因為只要稍有不慎，一場普通的感冒，對我來說都可能是場生死考驗。

這間病房，不只是我的堡壘，更是爸媽用無數次消毒換來的安全區。

我不得不適應這樣的世界，接受這道冰冷的鐵門，並試著在無菌的環境裡，努力尋找一些微不足道的樂趣。

這裡沒有風，沒有聲音，沒有陌生人打擾。

但也沒有自由，沒有選擇，沒有真正的安全感。

這裡潔白得刺眼，乾淨得不真實。彷彿所有風暴都被擋在鐵門外，唯獨生命的重量留了下來。

這間病房，是我的堡壘，也是我的牢籠。

它守護著我的生命，也囚禁著我的童年。

拆窗簾

讓一個小娃娃關在病房裡一整天不搞出些動靜是很困難的。

當我身體狀況好轉時，拆家，哦！不，拆病房這事情就成為我每日的例行公事。

電動病床，很好。我按我按我按按按，遙控器上的按鈕上下起伏，讓病床像雲霄飛車一樣變換高度，這玩意兒可以分散我一個小時的注意力。

點滴架，這活脫脫就是兒童代步車，我滑我滑我滑滑滑，在媽媽的尖叫與護理師阿姨的驚恐眼神中，我笑得燦爛無比，絲毫不覺得這樣有什麼問題。畢竟，醫院裡這麼好玩的玩具怎麼可以放過。

緊急呼叫鈴，那是被媽媽強力禁止亂按的神祕物品。不過，小孩嘛，我怎麼可能乖乖聽話。每當媽媽沒留意時，嘿嘿，我的小胖手可就不安分囉！

當護理師阿姨接通呼叫鈴，卻發現病房裡沒有人回應時，她們總是如臨大敵地以跑百米的速度衝進來，氣喘吁吁地查看狀況。這時——

一頭霧水的媽媽：「咦？」

一臉無辜的我：「嗯？」

一頭汗水的護理師：「……」

整個事件總是以媽媽一百八十度鞠躬道歉外加我的小屁屁遭殃來收場，雖然每天都是這樣重複的情節循環發生，但病房裡的護理師阿姨卻從沒當作是「狼來了事件」，一次次，一遍遍，用最快的速度向我奔來。每一個呼叫鈴響起，對護理師阿姨來說，都是可能發生意外的警報。

但偏偏，我這個不安分的小娃娃，讓她們白跑了無數次。但她們寧願多跑一趟，也不能錯過真正的緊急狀況。

後來，在小屁屁無數次遭殃的慘痛經驗後，我的小胖手終於停止對緊急呼叫鈴下手。因為，我發現一個更有趣的玩意——病房窗戶上的窗簾。

或許有人會想：「窗簾？有什麼好玩的？」

不！對於當時只有兩、三歲的我來說，這可是一個無比神奇的東西！

一大片柔軟的布，懸掛在窗邊，像一道神祕的屏障，拉上，病房瞬間伸手不見五指，轉一轉它，還會自動旋轉然後恢復原樣，扯一扯……竟然還挺牢固。於是，我把窗簾捲成一條「麻花」，再用力一拉——嘩啦！

窗簾的一半應聲而落，掛在窗戶邊，像是一件半脫的外套。

「你又在幹嘛！」媽媽的驚呼響起，我立刻裝無辜，假裝自己什麼都沒做。可惜，證據還掛在那裡，媽媽的表情從震驚變成無奈，最後嘆了口氣，轉身去找護理師求救。

護理長阿姨聞訊後趕到病房裡來，目瞪口呆的她，也只能和媽媽一樣嘆了口氣，摸摸我的頭，低頭默默地離開了。

當時的我當然不懂這些，只覺得護理長和護理師阿姨的反應很奇怪。每次窗簾出事後，她們總是先愣住幾秒，然後默默地搖搖頭，像是內心在做著某種靈魂拷問——

「這孩子到底為什麼這麼愛拆東西？」

「窗簾到底有什麼吸引力？」

「這已經是這個月的第幾次了？」

醫院的修繕人員來來回回，手腳俐落地重新裝上窗簾，但每隔幾天，它還是會神祕地「壞掉」。

長大之後我才知道，護理長阿姨為了我這些拆窗簾的舉動，不知道寫了多少份報告！

她不僅得解釋窗簾為何損壞，還得附上修繕申請。我想，她的報告會不會從「病童不慎拉扯窗簾」，變成「病童有意識地拆解窗簾結構」，最後甚至變成「病房窗簾屢遭特殊破壞，建議改進設計」呢？

想到這裡，我不禁對當年的自己感到一絲絲的……嗯，愧疚？

但……不搞點動靜，這裡未免太無聊了吧？

護理師阿姨們、護理長阿姨，真的很對不起啦！

當時的我年紀小、真的不懂事，只是想找點樂子，沒想到讓你們寫了一疊又一疊的報告……

如果你們現在還記得當年那個專業拆窗簾的小屁孩，請相信，我長大後已經改邪歸正了！（至少不會再拆窗簾了……）感謝你們當年的包容，也希望你們現在都過得很好，沒有再遇到像我這樣的小孩啦！

三十七次闖關遊戲

我一共要經歷三十七次化療，也就是——三十七次地獄級高難度闖關遊戲。

遊戲狀態

我：一歲半。

關卡總數：三十七關。

難度：地獄級。

通關獎勵：活著。

遊戲規則：

玩法很簡單，真的，如果忽略某些小細節的話。

一、先來一劑（也有可能兩三劑）化療藥物，這是基本設定，無法跳過。

二、接著觀察白血球指數上演自由落體，直線高速墜落。

三、然後再等待白血球指數努力地爬升回來，只是那速度慢得像螞蟻搬家，讓人懷疑它是不是打算一輩子躺平不動了。

看起來沒什麼難度，對吧？如果你能無視副作用的話，化療其實也就不過那麼一回事。嘔吐、噁心、腹瀉、倦怠、發燒、全身無力。基本上，每一關都是體力與意志的雙重折磨。

當然，遊戲裡的NPC（醫生和護理師）會很貼心地提供各種道具，例如：

止吐藥——可能有用，也可能沒效，純憑運氣和個人體質。

營養點滴——因為吃進去的東西通常已經原封不動地叶光了，要有進才能有出嘛。

隨機藥片——服用後可能有奇效，也可能數量多到讓你開始懷疑人生。

這些道具通常會伴隨遊戲的背景音樂——護理師阿姨溫柔的聲音：「乖乖喔，不要亂動，阿姨馬上就……（扎針ing）」——然後，我就哭了……

但是這款闖關遊戲不能暫停，無法跳級，更沒有失敗重來的機會。唯一的目標就是——撐過去，活下來成功通關，才能結束這場生存遊戲。

是不是覺得這遊戲聽起來很熟悉？

沒錯，這就是專屬於我的「魷魚遊戲：化療篇」。

（沒看過韓劇《魷魚遊戲》？自己去惡補，還不錯看。）

於是，我就這樣一路不停地闖了三十七關。每次通關後剛準備喘口氣，下一關就毫不客氣地準時開啟，完全沒有給我休息的權利，簡直是毫無人性可言。

最終結果：

好消息是——我通關了，目前還活著。

壞消息是——這遊戲很容易進化成另一場新遊戲，誰也不能保證，這場遊戲的「GameOver」到底是真正結束，還是未完待續……

胸口的水晶扣

我的胸口上，多了一顆水晶扣。

它不像衣服上的鈕扣，不能解開，也不能拔掉。我用手指輕輕摸著它，感覺有點硬，藏在皮膚底下，就像一顆偷偷藏起來的糖果，但這並不是一顆可以吃的糖果，它讓我覺得怪怪的，好像不是我身上的一部分。媽媽說，它叫「人工血管」，是一條讓化療藥物可以直通的小路。有了它，你就不用一直被針扎，就不會那麼痛了。」媽媽的聲音很輕很軟，像羽毛飄過我的耳朵，可是她眼睛裡有一點奇怪的光，好像有點亮亮的，我總覺得，她的眼睛裡藏著一些沒有說出口的東西。

我一直覺得怪怪的。

每次護理師阿姨來幫我接管子的時候，她會戴上手套，輕輕按住我的水晶扣，然後用一根針深深地刺進去。那非常的痛。

那種痛，尖銳而直接，像被冰冷的鐵釘直接釘進皮膚裡。

即使我當時還只是個小小孩，很多記憶都變得模糊了，我不記得忍受過多少次這種疼痛，但這份疼痛卻鏤刻進了腦海，成了我童年裡最黑暗的印記。

我總是忍不住縮起肩膀，腳趾頭縮在一起，雙手無助地揮舞著，卻怎麼樣也推不走那根針帶來的刺痛。

「你要乖喔，很快就好了。」護理師阿姨的聲音很溫柔，可是，可是——它還是好痛！

我總是疼得哇哇大哭，我的手緊緊抓著媽媽，彷彿這樣就能減少一點點疼痛，這是我僅存能對抗疼痛的武器。

可是，即使有媽媽抱著，我心裡還是好害怕。

我害怕，害怕這顆水晶扣會碎掉，害怕它碎掉的時候，我也會跟著碎掉。

我問媽媽：「這顆水晶扣會一直在嗎？」

媽媽抱著我，輕聲地說：「等你身體好起來，不再需要它，醫生叔叔就會幫你拿掉。」

「那它會去哪裡？」

媽媽頓了一下，然後微笑著說：「它會回家。」

「回哪裡的家？」

媽媽指了指窗外漆黑的天空，柔聲說：「也許啊，它會變成真正的水晶，飛到天上的星星上去，回到屬於它的家。」

我眨了眨眼睛，努力想像那顆水晶扣閃閃發亮飛上天空的樣子。好像真的有那麼一顆星星在對我眨眼睛。我靠在媽媽懷裡，聽著她平穩的心跳聲，原本緊張害怕的心慢慢平靜下來。如果水晶扣真的能飛到星星上，那應該也不錯吧？

我想著想著，終於露出了一點笑容。媽媽也跟著笑了，她的眼睛變得亮晶晶的，就像天上那顆星星一樣。

現在，我的水晶扣已經真的離開了。

我的胸口只留下一道淡淡的疤痕，我時不時會摸摸那道疤，回憶起曾經有顆水晶扣藏在那兒。偶爾我還會抬頭看看夜空，看看哪顆星星亮得特別像我的水晶扣。

或許，它真的已經變成了星星，在那裡靜靜地閃爍著，提醒著我——

曾經的疼痛，曾經的勇敢，還有那個曾經的，小小的自己。

比中指

化療後，有件非常重要的事情，就是要常常驗血，確定血液裡的白血球指數的漲跌情況。所以抽血檢驗就成為我在白色巨塔生活裡最鮮明的顏色。

抽血嘛，紅咚咚的，當然夠鮮明啊！

可是對小小孩來說，抽血堪稱惡魔級考驗，所以當身體狀況還算穩定時，醫生叔叔就會用一種變通的方式——扎血，在拇指上扎一個小洞，一小滴血就可以讓白血球的數量無所遁形。比起抽血，扎血簡直人道許多了。

但誰知道，這場「變通」最後卻徹底「變調」了。

首先，榮總兒科病房的扎血工作是「外包」的。

由醫院裡專業的醫檢師負責，所以每次扎血，我都要離開兒童病房，前往醫院的檢驗室。

但不知道是什麼原因，每回扎血，醫檢師阿姨總是朝我的中指姆頭下手，扎完血後再妥善地用紗布包紮起來，大功告成之後就能夠回到病房去了。

但問題來了。

扎血真的還是很痛啊！

可是我年紀小，不太會說話，沒辦法用語言表達內心的悲憤，只能逢人就舉起我包著紗布的中指，一臉委屈地無聲控訴：「你們看！這裡！這裡！我的手指被扎了一個洞，這裡好痛！」

然後，一個奇特的場景就此誕生了。

病床上，躺著一個光頭小男孩，嚴肅地高高舉著自己的中指……

路過的醫生、護理師、家屬們紛紛露出忍笑的表情，眼神複雜。

有人故作鎮定。

有人低頭憋笑。

還有人假裝沒看見，腳步加快，像是在醫院裡逃避某種違禁畫面。

我真的不懂，我的手指頭明明超級痛，他們到底在笑什麼？真的真的很痛啊！

多年後，我終於知道，比中指在成人的世界裡，竟然有另一層「不可言說」的含義。我回想起當時的畫面，終於理解了那些憋笑的人們……

老天爺啊！還好、還好，那時候還不是「人人皆狗仔」的年代，手機並不普及，沒有人拍下這場景，這段黑歷史沒有留下任何影像記錄，否則，我很可能會在網路上爆紅。（不過黑紅好像也是不錯哦！）

「癌童怒比中指，震撼醫界！」

差一點點，我就能和「尿尿小童」並駕齊驅了！

不過，那時的我，大概是全醫院唯一能「合法比中指」，還能獲得大家微笑的小孩吧！現在想想，這也算是種另類「特權」吧？

第二個家

從一歲半到四歲，在三十七次化療的輪迴裡，醫院成了我的第二個家。因為白血球數量趨近於零，身體虛弱，加上化療的各種副作用，我與外界的世界，被一道病房門徹底隔開。

小小的單人病房，沒有玩伴，沒有喧囂，只有醫生叔叔和護理師阿姨偶爾踏入我的「禁地」。我與外界的聯繫，只有病房裡那扇窗。

高雄榮總兒科三樓病房，窗外沒有什麼風景可言。

從窗戶望出去，唯一的風景，是一條快速道路，橫貫了整個窗景，一輛輛車子從眼前疾馳而過，卻沒有一輛車會為我停留。媽媽每天陪著我，陪我坐在窗邊曬太陽，陪我數停車場的車子，陪我看著那條不停流動、卻與我毫無交集的道路。

媽媽總是很心疼我，她每天陪著我，照顧我的身體，也照料我的心靈。小小孩，怎能安於那小小的世界裡。偶爾，在我身體條件許可的情況之下，媽媽會用輪椅推著我出去走走。

但是離開病房，離開這個「禁地」，我又能去哪裡呢？

醫院的長廊、診療室、點滴架、輪椅上的孩子，這裡的世界，無論走到哪裡，都逃不開「病」這件事。

爸爸總是拖著疲憊的身軀來病房陪我。因為工作，他白天無法待在這裡，晚上才能趕來，他會坐在病床邊，為我訴說著外面世界的點點滴滴，說話的語氣裡總是帶著一絲疲憊，卻又努力讓自己聽起來精神飽滿。然後，再帶著一身疲憊離開，第二天，他還要繼續上班，然後晚上再趕來，這樣的循環，日復一日，不曾間斷。

就算是過年過節，我們全家，也只能在這裡團聚。

這裡是醫院，但也是我們另類的家。

病房裡的白牆，成了我們的牆壁；醫院的陪伴床，成了我們的客廳；點滴架與監測儀，成了我們的家居擺設。

外面的世界，車水馬龍，人來人往，卻始終不曾為我停下來。

但沒關係，在我的世界裡，有媽媽、爸爸，還有這扇窗。

英雄徽章

我動過好幾場手術，每一場手術都在我身上留下印記。

媽媽告訴我，那些不是傷疤，而是我的英雄徽章——是我與死神交鋒後留下的戰利品。每一道疤痕，都是一場勝利的證明。徽章的大小取決於那場戰役的慘烈程度，最大的徽章在我的左大腿上，足足有十五公分長，像是一條深深刻進肌膚裡的壕溝，提醒著我當年與癌症的每一場拼搏。

這些印記，偶爾會以獨特的方式提醒我它們的存在。不是疼痛，而是一種無法言喻的癢，像是有人輕輕在皮膚底下撥動些什麼，像無聲幽靈般爬行在肌膚底下。但是當我伸手去撓癢癢時，卻有一種搔不到癢處的空虛感。怎麼抓，也抓不到那股癢處，只剩下一種空洞的無力感。

這些疤痕，彷彿是身體與過去之間的暗號，它們不會消失，也不會讓我遺忘。更像是時光刻印在我身上的筆跡，靜靜記錄著曾經的戰役，默默見證著此刻的自己。不只是身體上的痕跡，而是嵌入生命與靈魂的烙印，提醒著我——當年，我曾是個勇敢的戰士。現在，我依然是。

我輕輕地撫摸著這些會伴我終身的印記。

故事，仍在繼續，而我也依然前行。

無聲眼淚

對媽媽而言，在我治療期間，最可怕的，不是病痛，而是等待。

等待每一次追蹤檢查的結果。

等待醫生揭曉那句最重要的判決：「癌細胞，有沒有回來？」

為了確定這場戰爭是否真的平息，有很長一段時間，我每三個月就必須進行一次全面性的追蹤檢查。全身骨頭掃描（BoneScan）、電腦斷層（CT）、核磁共振（MRI）、X光攝影……這些冷冰冰的檢查儀器，成了我成長路上的背景板，而檢查室裡的叔叔阿姨們，早已是看著我長大的熟面孔。

但是，檢查只是開始，最漫長的，是等待結果的日子。

媽媽的噩夢，從我走出檢查室的那一刻才真正開始。

等報告的這幾天，她總是寢食難安。白天強打精神，假裝一切如常，夜裡卻徹夜難眠，呆呆地坐在床邊，望著我，輕輕摸著我的手。

她不敢哭出聲，因為她的寶貝正在酣睡。

她只能默默流淚，把所有恐懼壓進喉嚨深處。

小時候的我並不知道，為什麼每隔一段時間，媽媽都會在深夜裡無聲哭泣。不知道為什麼，她總是會在那些日子，比平常更加溫柔地抱著我，輕聲地說：「你會沒事的。」

每一次，她又是憑藉什麼力量，讓自己撐過去？

「為母則強」，我懂這個道理，

但我不懂，我的美少女戰士，究竟為我流過多少眼淚？

她沒有選擇。

而我，也無力償還她所有的淚水與白髮。

榮總渡假村

高雄榮總的小兒科病房經歷過幾次改建，我只能配合著改建工程，窩居在不同的兒科病房裡。但是小兒科的單人病房一向是稀缺資源，要件上，幾乎得靠運氣。後來醫院裡完工了一處綜合病房——「高雄榮總尊榮病房」。嘿嘿，我成了第一波的入住者。

不是我爸媽口袋夠深，能夠讓我住得起「尊榮病房」，首先，單人房才有電視，小孩嘛，有卡通看，一切都好商量。

其次，因為配合檢查時間，當入住醫院進行追蹤檢查時，我的作息時間會很不固定，住多人房可能會讓其他小病童崩潰。為了讓每次的追蹤檢查順利進行，醫生會給我一些藥劑幫助入睡，避免我在檢查時動來動去，影響精準度。

但問題來了，做檢查的次數太多，藥劑累積過高，結果是——藥效越來越弱，我根本睡不著！

因此，媽媽只能另出對策。如果檢查是安排在早上，那麼三更半夜媽媽就會把我吵醒，讓我在疲累的狀態下比較容易入睡。若是下午的檢查，午睡時光當然就被取消了，一切的努力都是為了讓所有的檢查都能順利進行。

當所有檢查都結束，藥效開始退去的時候，我就變成了一個幼幼版的酒醉痴漢，說酒話、發酒瘋、甚至還會抓啥丟啥，誰都無法預測下一秒我會亂揮哪一個枕頭、甩掉哪條點滴管。如果這時病房裡還睡著另一個病童，那畫面簡直太美。想想看，那該有多雞飛狗跳呢？

所以，我就這麼順理成章地成為了「高雄榮總尊榮病房」的VIP熟客。畢竟，這樣的「高級VIP」，只能住單人房，不然別人怎麼活？對於「尊榮病房」裡的設備與提供的高級服務，我可是一清二楚啊！

餐點？可以點菜的！

設備？個人獨享電視是基本配備，還有每日提供當日報紙！

下午茶？有專人加水送餐，還能享受美味點心！

房內還有獨立冰箱，隨時可以冰鎮媽媽為我準備的水果飲料！

病床還是電動遙控，輕輕一按就能躺的舒舒服服的！

浴室不只是乾濕分離，我還享受過病房裡的按摩浴缸喔！

嘿，這待遇，還真像個小王子！

只是這所榮總渡假村，入住門檻未免也太殘酷了吧！希望大家都沒有符合入住標準的那一日。

諾羅病毒

化療讓我的免疫力時常趨近於零，像是沒穿盔甲的士兵，毫無防備。這時候最害怕的就是敵軍的突襲，而諾羅病毒，就是那個最兇殘的敵人。一度，我被打得潰不成軍，毫無招架之力。

根據媽媽的回憶，那時是整個化療期間她最害怕的時刻。在諾羅病毒的肆虐下，兩歲多的我，一夜狂拉了近二十次肚子。本來就因為化療副作用噁心嘔吐而無法好好進食的我，這下更是連一點力氣都沒有，直接癱軟無力地倒在床上，連睜開眼皮都沒有力氣。護理師阿姨想幫我打點滴補充電解質，卻找不到血管——我的小手臂乾癟得像一張揉皺的紙，血管深藏在皮膚底下，怎麼找，都找不到。媽媽只能在一旁握著我的手，眼睜睜地看著，卻什麼也做不了。

護理師阿姨只好求救ＩＣＵ的護理師阿姨，因為她們似乎有其他的方法可以幫我安上點滴，但病房裡的其他病童也在此時紛紛呼叫，護理師阿姨們忙得分身乏術。最後，護理師阿姨無奈只能決定讓媽媽直接抱著我前往ＩＣＵ打點滴，因為那裡的護理人員技術更熟練，也許能找到一絲希望。無法分身的護理師阿姨只能讓媽媽自己抱著我前往ＩＣＵ打點滴。那時已接近午夜，醫院的過道空無一人，燈光映照出冷白色的地板，走廊的盡頭，ＩＣＵ的安全門閃著微弱的紅光。媽媽抱著我羸弱的身軀，疾步奔向那扇門，感覺腳步沉重得像踩在沼澤裡，每走一步，心就更往深淵沉一分。她不知道那道紅光是希望的象徵還是死神的嘲弄，她只能咬緊牙關，強迫自己不去想最壞的可能，腳步不停地朝前邁進。懷裡的我輕得不像話，體溫微弱得讓她害怕，彷彿只要稍一遲疑，我就會從她的懷抱中滑落，墜入黑暗的深淵。她只知道，無論如何，她必須抵達那扇門，必須讓這扇門為我打開。

媽媽回憶說那是她這輩子走過最長的一段長廊，在等待ＩＣＵ的安全門開啟的時刻，她在心底懇求過漫天神明，求祂們高抬貴手，幫幫我，幫幫她的孩子。

那晚，我像風中殘燭，搖搖欲墜。

而媽媽，則在絕望與恐懼中，熬過了這最漫長的一夜。

門終於滑開，光線從縫隙中滲透而出，消毒水的味道撲面而來。我已經沉沉地昏睡了過去，彷彿什麼也沒發生。

而她，卻在那一刻，流下了這輩子最害怕的眼淚。

戰友

在兒科病房裡，不只我一位癌症病童。這裡，有很多「前輩」。多數的前輩，都是血液型的癌症，在當時，我其實挺羨慕的，因為他們的追蹤檢查多數只要抽一管血就能搞定，不像我，還得過五關斬六將，十分麻煩。

病房裡的戰友來來去去，有些人痊癒出院，有些人只是中場休息，還有些人則上了戰場再也沒能回來。其實，我們都是各自為戰，每個人都有各自的戰場，我們並不會像戰爭電影情節裡的戰友那樣互相扶持、同仇敵愾，因為每個人都有自己的戰場要奮鬥。

但是，我們的後勤部隊不是。

我們的父母，或許是因為同病相憐的革命情感，或許是因為長期在這片戰場裡並肩奮鬥，他們之間的情誼，比我們病童之間的聯繫還要深厚。每次在病房相遇，他們總是有說不完的話，從病情變化、治療方式、飲食調整，到某位護理師扎針的技術如何，都會是熱烈討論的話題。有時，他們只是輕輕問一句：「你們還好嗎？」

但這句話的份量，彼此都能明白。

當某位戰友倒下時，最先崩潰的，往往不是我們，而是這些「後勤部隊」。他們總是忍不住代入自己的孩子。當某張病床變得空蕩蕩，父母的目光便會無聲地落在我們身上，眼神裡藏著未說出口的恐懼與祈禱。彷彿只要一眨眼，死神的名單上，下一個就會是自己的孩子。他們總想安慰彼此，卻止不住自己的淚水。因為沒有誰，能在這場戰爭裡屢戰屢勝。

或許，我們的戰場不同，但我們的家人，卻是同一支軍隊。而這支軍隊，無論輸贏，都只能向前走。

有人會倒下，有人會離開，但留下來的，仍然得繼續戰鬥。即使害怕、即使心碎，我們仍然得站在戰場上，因為這場戰爭，不容許任何人逃跑。

這不是一場公平的戰役，也不是一場能隨時全身而退的戰爭，但我們別無選擇。

所以，我們只能撐下去，為了自己，也為了那些曾經並肩作戰的戰友。

或許，我們不知道這場戰爭還會持續多久，也無法確定最後的結局如何。

但至少，我們不是孤軍奮戰。

老張叔叔

很神奇的一個巧合，我的醫生叔叔們多數都姓張，老張叔叔就是其中一位。

但是老張叔叔一定不知道，他私下被我們這些病人和家屬們暱稱為「老張」，其實，他本人真的還蠻娃娃臉的……坦白說，這個外號怎麼傳出來的，現在似乎也不可考了。

當我完成腫瘤切除手術後，老張叔叔就出現了。他開始接手我的醫療計畫，也就是說，三十七次的化療，就是老張叔叔為我竭盡心力而擬訂的治療方式。

「我們要打一場持久戰，但你們不用怕，我們一起來。」

這是他對我父母親說的第一段話。

剛開始，爸爸媽媽對這位娃娃臉的醫生有點不太確定。在大家印象裡，醫生不應該是一臉嚴肅、氣場強大，讓病人對他們言聽計從嗎？但老張叔叔完全不是這種類型的醫生。相反地，他的語氣溫和，態度親切，但又帶著一種不容質疑的篤定。

他不灑心靈雞湯，也不會說「加油，你一定行！」這類的話。他更像是帶領我們對抗癌症的指揮官，把治療計畫當作一場戰役來布陣。就是這樣的態度，爸爸媽媽反而對他產生無比的信任，而老張叔叔也在接下來的幾年時間，成了我們家最熟悉的一個名字。

每次化療前，他都會用溫和卻堅定的語氣告訴我們即將面對的挑戰。他不粉飾太平，不誇大困難，只是像個經驗豐富的將軍，冷靜地為我們分析戰局，確保我們知道下一步該怎麼走。

三十七次的化療，不是一個簡單的數字。

它意味著無數次的噁心、疲憊，甚至懷疑自己到底能不能撐下去的時刻。爸爸媽媽總是試圖在我面前保持堅強，但我知道，他們也有害怕的時候。而老張叔叔，則成了他們唯一可以依靠的支點。

即便是在最困難的時候，他也從來不說「沒事的，一切都會好」，他只會說：「這次比較難熬，但我們可以想辦法讓它變得好一點。」

這句話不像安慰，卻讓人安心。我們總能相信，他有計畫，也有退路，永遠不會讓我們獨自迎戰。

我人生中第一個不是來自爸媽給的紅包，是老張叔叔給的。只是金額嘛！嘿嘿！保密。（凱曰：不可說）

那年，因為白血球指數過低，我只能待在醫院裡過年。醫院裡冷冷清清的，多數人都出院了，只有為數不多狀況不穩定的病人無奈地待在病房裡。

大年初一的早晨，我半夢半醒地窩在病床上，窗外的陽光透過病房的窗簾灑進來，但病房裡依舊帶著一種節慶中難以忽略的寂寥感。病房門突然被推開，老張叔叔笑咪咪地出現在門口，手裡拿著一個紅包。

「新年快樂，凱凱。」

我還沒來得及反應，他已經把紅包遞到我手上，語氣一如往常的從容。

我一邊接過紅包，一邊偷偷瞄了一眼旁邊的媽媽——她明顯沒想到主治醫生竟然還會親自送紅包給病人，一臉訝異地看著老張叔叔。

而我則毫不客氣地拆開紅包，數了數裡面的內容，然後立刻露出我小小年紀所能表現出最諂媚且燦爛的笑容，滿臉開心地回應：「謝謝！」

老張叔叔笑著點點頭，像是對我的反應十分滿意。

「這一年也不會太輕鬆，但還是新的一年了，總要開個好頭。」他說完，對媽媽點點頭，才轉身離開病房，繼續他今天的查房行程。

我捏著手中的紅包，忍不住偷笑了好幾次。雖然這個新年沒辦法在家過，但至少，它也不是毫無儀式感的。

日子一天一天過去，三十七次的化療，終於來到了最後一次。當護理師拆下點滴的時候，媽媽怔怔地發呆，不敢相信這是最後一次了。

老張叔叔站在病房門口，嘴角微微上揚。那晶亮的眼神裡，充滿著對我們的期許，像是對著我們說：「做得好，凱凱。」雖然他沒說出口，但那眼神裡藏著一種認可——戰場上的將軍，看著歷經重重戰役的戰士，終於走到了最後。

「我們打得不錯。」

這三十七次化療，我們不是被動撐過，而是一步步走來，帶著選擇、帶著意志、帶著不願放棄的決心。這是一場戰爭，而我們真的打到了最後。

這個總是帶著娃娃臉、語氣冷靜卻讓人信任的醫生，不只是我的主治醫師，也成了我們家這場戰役中最堅定的戰友。謝謝您，張裕享叔叔，我的老張叔叔，是我們當時所有無助家庭的定海神針，是我第一次在新年拿到爸媽以外的人送的紅包，也是我們這一路走來，最值得感謝的醫生。

他的孩子們，會不會偶爾抱怨，爸爸總是不在家？晚餐時，他們的眼光會不會落在椅背上的白袍，而不是坐在那裡的爸爸？學校運動會上，他們會不會本能地尋找，卻從沒在觀眾席找到那熟悉的身影？如果他們知道，正因為爸爸不在家，才有那麼多孩子能夠回家，或許，他們會更以爸爸為榮。

當他走出醫院，剛剛還在病床前安慰病童的自己，現在卻看見家裡的燈還亮著，三個孩子正等著他。他會不會有一瞬間愣住？孩子們會不會撲上去，抱怨他又錯過了什麼？晚餐？運動會？還是某個他們期待已久的週末？

但當他坐下來，看著孩子們圍在身邊吵鬧，我希望他會明白——無論是作為醫生，還是作為爸爸，他都已經做得很好了。這場戰役，或許很多孩子無法回家，無法迎來他們期待的明天。但正因為他的選擇，許多生命才得以繼續前行。

謝謝你們，讓老張叔叔可以成為我們的支柱。

也謝謝你們的等待，讓他能放心奔赴戰場，繼續帶領病童，繼續對抗病魔。

謝謝你們的爸爸，因為他的選擇，讓更多孩子能夠回家。

謝謝你們的爸爸，因為他的選擇，讓無數家庭得以完整。

我們都很幸運，能擁有這樣一位醫生。

而你們，也該為自己的爸爸感到驕傲。

床邊教學

當我們全家開始慢慢熟悉與化療和平相處之後，爸媽猛然發現，我，怎麼不會開口說話。一個兩三歲的小孩，就算是大隻雞慢啼，也應該能夠慢慢地學習與外界溝通，更何況，在開刀切除腫瘤之前，一歲多娃娃該有的語言程度，我也是符合的。但是，接近三歲的我，怎麼反而退步了？

爸媽開始變得焦慮，在病房裡反覆叫著我的名字，試圖喚起我的回應。可是，不管是「媽媽」、「爸爸」，還是「抱抱」，那些曾經熟悉的聲音，現在只剩下沉默。不怕，在醫院裡最大的好處就是醫生多，兒童身心科醫師就這麼被請到我的病床前，進行了一對一ＶＩＰ式的診察。

然而，不管圖卡怎麼翻，醫生如何誘導，我還是不說話。醫生忙著不停地記錄著我的徵狀，媽媽的表情變得越來越凝重，爸爸的嘆氣聲也多了起來。這場ＶＩＰ診察，像是一場無聲的對話，只有筆尖畫過紙張的沙沙聲，還有爸媽越來越重的呼吸。

醫院的社工來找我們，說可以幫忙申請身心障礙手冊，理由是「智能發展遲緩」。這四個字像是一顆石頭，重重地砸進爸媽的心裡。

「他只是還沒開始說話，還沒適應……」媽媽低聲嘀咕，手指緊緊攥著那份申請書。

「先申請吧，至少有資源幫助。」社工語氣溫和，試圖安撫她的焦慮，「等未來評估變好，就可以撤銷了。」

她沉默了很久，最後還是簽下了名字。

筆畫落下的瞬間，媽媽的肩膀微微顫抖了一下。這張紙，像是一道界線，畫分了「期待」和「現實」。

從那天起，病房裡多了一些新的東西——圖卡、布偶、小積木，各式各樣的早期療育教具，但我卻都是已讀不回。

媽媽一遍又一遍地翻動圖卡：「這是蘋果，蘋果。」

我不說話，也不看她。

床邊復健治療老師遞給我一些小積木，期待我能伸手去拼湊，但我只是看著，一點動作也沒有，最後慢慢將視線移開，像是積木從未存在過。

媽媽的筆記本裡，記錄著我每天的狀態。她用不同顏色的筆寫下：「蘋果」、「狗」、「車車」……筆畫或深或淺，每一筆都是她的期待，小心翼翼地記錄下來，彷彿這樣就能留住希望。

那些字靜靜地躺在紙上，像是一盞盞微弱的燈，被媽媽一筆一畫點亮，卻無法照亮沉默的陰影。

然而，對於這一切，我只是伸手，輕輕合上了那本筆記本，然後，繼續沉默。

明星臉？

因為化療的副作用，我的頭髮很快就掉光光了。不過爸媽早有心理準備，對於這顆小光頭，他們不但毫無心理陰影，甚至還樂在其中。尤其是媽媽，發現洗澡時特別省事，毛巾一擦，比洗蘋果還方便，簡直是「自動烘乾模式」。

但萬萬沒想到——

安裝小光頭後的我，不小心和童星郝劭文撞臉了！

因為爸媽照顧得宜，在化療期間，我的體重不降反升，一直噌噌噌地往上漲，整個人圓潤飽滿，那形象無疑就跟當時郝劭文主演的的電影《新少林寺》裡的小和尚非常相似，就這樣，我成功解鎖了人生第一個明星臉。

然而，這僅僅是「明星分身」的第一階段。

再長大一點之後，我繼續朝「吃貨」之路前進，體型日漸豐滿時，某天，媽媽盯著我看了半天，突然驚呼：

「咦？這長相……怎麼感覺有點熟悉？」

她再仔細端詳了幾秒，然後語出驚人：

「啊！這不就是台中的顏清標嗎！」

我竟然直接化身為顏清標先生迷你版的模樣。這、這、這……怎麼回事呢？

爸媽，你們應該沒有抱錯小孩吧？

從「童星臉」進化到「政壇大老」，我的「明星分身」居然走向了一條完全不同的道路！

但命運的安排，永遠充滿驚喜。

再長大一點，進入青春期的我，開始了青少年的容貌焦慮期，身材管理這事當然也得注意。嘿嘿！顏先生，不好意思，咱們兩個相似已經是一場過眼雲煙了。因為現在的我，已經完美蛻變，十一月四日的天蠍座少年，幾乎就是韓國男神蘇志燮的年輕版！對，就是知名韓劇《主君的太陽》的那位男主角！

（對，燮，注音ㄒㄧㄝˋ，放心，我知道很多人不會念。）

從郝劭文到顏清標，最後進化成蘇志燮，這條路走來雖然崎嶇，但總算是朝著「帥哥終點」前進了吧？

「咳－嗯嗯！」現在，請正式稱呼我：「帥哥凱」。

謝謝配合！ありがとうございます！

生日禮物

化療結束後，我們都得回歸正常生活。上班的上班，上課的上課，日子平凡而規律，直到我六歲生日那天。

我收到了一份永生難忘的生日禮物。

如同離院前的醫囑，我總是按時去做追蹤檢查。經過這麼長時間的鍛煉，媽媽也總算能用比較平常的心態來面對我的檢查。然而，那一天，一通電話打破了這份短暫的平靜。

那日，媽媽如常地在公司工作，直到她接到了老張叔叔的電話。

「凱凱媽媽，這次我們在凱凱肺部斷層的片子裡發現了幾個結節，為了安全起見，建議回醫院來做進一步的追蹤檢查，如果可以，最好是今日就來辦理入院。」

老張叔叔一如既往地以最溫和且堅定的口吻來述說這一次檢查的結果，彷彿在用最柔和的方式傳遞最沉重的消息。而電話那端，媽媽的手卻顫抖得幾乎握不住話筒。

「好的，稍晚我就陪同凱凱去辦理住院手續。」

媽媽深吸一口氣，穩住情緒後回應了老張叔叔，隨即向公司請假，同時通知了我的老師和爸爸。然後火速趕往學校接我。她沒有時間多想，只能一步步完成該做的事。此刻的她，就像一個沒有情感的機器人，只會按部就班地執行任務。

很快，她趕到學校接我。當我看到媽媽時，她的臉上掛著一抹勉強的微笑，但眼裡卻閃爍著不安的光芒。我並不知道發生了什麼事，只知道媽媽牽著我的手，步伐比往常更快了些。我想，她要帶我去慶祝生日吧，我的腳步也不由自主地輕快起來。

只是，當媽媽停下車後，我才發現，這不是餐廳，這是高雄榮總醫院，我楞住了，我的生日，為什麼還要來醫院呢？我又沒有發燒、不舒服啊！

我瞪大眼睛看著她，等待著她開口。

「凱凱，今天我們要去醫院，媽媽陪著你。」她的聲音很輕，輕得幾乎像是害怕驚擾到什麼。媽媽閉上眼睛，深吸了一口氣，然後摸了摸我的頭。

「今天是你的生日，所以，媽媽會陪著你，無論在哪裡。」

我不知道未來等待著我的會是什麼，只知道，這一天，我收到了一份特別的生日禮物——不是插滿蠟燭的蛋糕，也不是期待已久的玩具，而是一場突如其來的住院，一次不可預知的手術，還有不確定的未來。

又一個張醫生

肺部斷層CT影像上發現，我的肺部長了幾個小白點。

老張叔叔無法肯定那是什麼原因造成的，在醫學上最好的確認方式就是切除然後做病理切片檢查，才能確定是不是癌細胞轉移。

肺葉切除，怎麼感覺是麵店切點小菜滷味般簡單。才不是呢？肺葉切除其實是一種高風險手術的。感覺上我的小命好像又有點危險了。

爸媽又開始陷入瘋狂查詢醫療資料的惡夢中，只是無論他們找到多少資料，都降低不了肺葉切除手術的風險，也無法找到不動這場手術的理由。

就在全家人陷入低氣壓的時候，另一個外科的張醫生出現了。

他穿著手術服走進診病房裡，眼神篤定，語氣俐落，一開口就像在下軍令狀：

「這刀我負責動刀。有我在，這場手術——沒問題。」

那一瞬間，爸媽緊繃的神經居然真的放鬆了。

不是因為這句話本身有什麼魔力，而是因為他講得太自然，太有底氣，好像肺葉切除手術真的沒什麼大不了。當我們都陷入恐慌的時候，什麼大道理都不如一句霸氣的保證來得有用。我看著這個「又一個張醫生」，突然覺得——希望，可能不是資料裡找出來的，而是從一個人的態度裡，長出來的。

六根管子

六根管子，指的是靜脈點滴、動脈導管、尿管、胸腔引流管、呼吸器氣管內管、鼻胃管。當我完成肺葉切除手術，從手術室轉移到加護病房那一刻，身上就插著這六種管子，外加一張病危通知書。

很可怕吧！

尤其是，這些都裝在一個只有六歲的小孩身上。

但你知道嗎？我只花了一天半，就從加護病房畢業，轉回普通病房，還短短三天內把那六根管子全數拔掉，速度快得像是在趕火車。

氣管內管先撤退，一拔掉我就自豪地呼吸給你看。

接著是鼻胃管，我一邊皺眉一邊哼氣，像在說：「這東西擋著我吃飯！」

胸腔引流管被拆掉的那一刻，我媽都快哭出來了，我卻只是翻個白眼，好像在說：「這有什麼了不起？」

尿管、動脈導管、靜脈點滴，一個一個撤退，彷彿我身體裡的戰場已經打完勝仗。

學校老師特地來醫院探望我，臨走時還問了一句：「凱凱是預備哪一天開刀的啊？」

嘿嘿，我一臉的好氣色，完全不像剛動過大手術的病人。

誰說病房只能是悲情劇現場？我偏偏把它演成了一部奇蹟片。

六根管子，全數退場。

小小的身體，大大的驕傲。

二百公里的緣分

歷經三十七次化療後，爸媽突然不知道該如何是好。

每一次等待追蹤檢查結果，都是一次漫長的煎熬，每一遍經歷的，都是心被凌遲般的疼痛。數不清多少次，他們緊握著報告，屏住呼吸，在醫生的眼神中試圖讀出些許希望；又有多少次，在短短幾句診斷中，情緒被推入高峰，或跌落深淵。

他們無法忍受這樣的折磨。

當西方醫療的療程告一段落，當冰冷的儀器與數據不再提供新的指引，爸媽的心，依舊無法找到安定的依靠。

於是，他們開始尋找另一種答案。

中醫。

它不只是治療的選擇，更像是另一種心靈的寄託，一條讓他們能繼續努力、不讓恐懼吞噬自己的道路。

因為，當科學無法再提供確切的答案時，人總要抓住一些什麼，才能繼續向前走。

我因此展開了一段二百公里的緣分。

高雄到台中，從我家出發到達醫院，全長接近二百公里，這一段路，歷時十多年。每一次啟程，都是一場帶著希望的遠行；每一次回程，則是帶著不確定的未來。台中中國醫藥醫院中醫科張東廸醫師，他接手了我的另一段治療，醫治我的身體，也醫治我父母親無助的心靈，那年，高鐵開始運行……。

這條高速鐵道縮短了城市間的距離，卻無法縮短父母內心的焦慮與煎熬。

二百公里，十多年。

一段不斷往返的旅程，承載了太多不安、焦慮、盼望與感恩。

這條路，我們走過無數次，每一次，都像是在時間裡刻下見證——

見證生命的韌性，見證一場無聲卻不曾停歇的戰鬥，見證爸媽最深刻、最無私的愛。

良藥苦口？

小小年紀的我，吃過不少藥。好在小兒科的藥多半很有良心，為了讓孩子們肯乖乖配合，西醫的藥常會加點甜味，雖然還是無法掩蓋住那股藥味，但總算還勉強能入口。而且嘛，小孩的劑量本來就少，爸媽再一邊哄一邊威脅（當然還有糖果、玩具這些條件交換），眼睛一閉、咕嚕一聲，藥也就吞下去了。

但中藥——完全不是那回事。

我喝的是那種傳統的散劑，要用六碗水熬到只剩一碗，也就是俗稱「六分」的濃縮版本才能服用。什麼概念？對一個不到五歲的小孩來說，那一碗藥就像是要我直接乾杯掉一整瓶西藥退燒劑，根本就是老巫婆才會給的毒藥！

雖然醫生叔叔說也是能夠加一點糖漿來調味，可中藥的苦哪是糖漿能鎮壓得過去呢？每次服藥，爸媽都必須搬出十八般武藝，從恐嚇、威脅、哄騙、鼓勵到讚美，輪番上陣。他們用盡所有耐性，我也施展所有抵抗，這碗黑呼呼的藥才能被我硬吞下肚。

說也奇怪，雖然那些中藥的味道早就淡出味覺的記憶，但只要聞到某種草味、苦澀的氣味，我的胃裡就會先打個哆嗦，彷彿身體搶先一步記起來：「超級難喝。」即使我早就長大了，面對診所裡那些標榜「天然草本」的產品，我依然會不自覺皺眉——那不是天然，那是童年的惡夢味。

身體的記憶，常常比我想像得還要老實。小時候每次喝藥前都會有個固定儀式：爸媽坐在我面前，一邊握住我不安分的小手，一邊裝作輕鬆地說：「喝完我們就去買糖果。」但其實我感覺得到他們手心裡的汗，以及眼神裡那種「拜託你這次不要吐出來」的無奈。那種場景不斷重演，就像我後來進入早療階段時，每次被帶進治療室，我都能聞到的那股大人身上微妙的焦慮氣息。

他們說那是「為你好」的治療，可我的身體好像不太相信這種說法。每次推開治療室的門，我的胃會先抽一下，腿也會開始有點發軟。不是因為疼痛，而是因為我「記得」那種明明身體做不到、卻要一直努力配合完成的感覺。

所以「良藥苦口」這句話對我來說，不只是形容藥的味道，而是一種更深的心理印記。那些要我吞下的，不只是藥水，還有整個世界對「變好」的定義。而我，當年其實也只是個還不懂怎麼抗議的小孩，用整個身體在說「我不喜歡這樣」。

第三部分

華麗轉身？

Happy Ending？

在眾多童年記憶中，癌症治療是一段被特殊標註的歲月。無論是醫院走廊裡刺鼻的消毒水味、護理師俐落的步伐，還是每天一針接一針的療程與檢查，都像是某種特別標註——在我身上紋下了人生無常這個課題。那段時間，總有許多人常會對爸媽說：「治療效果很好，再撐一下就過去了，加油。」病房裡的戰友們也總在彼此鼓勵：「會好的，一定會好的。」於是當那天終於來臨，癌細胞暫時退場，療程告一段落，所有人都說這是個Happy Ending。

但只有我知道，真正的故事，可能才正要開始。

在眾人以為的勝利背後，我的身體還在微微發抖，神經還在記憶針頭刺入皮膚的感覺；只要聞到一點點消毒水的味道，胃部就會不由自主抽動一下。大家笑著說我「畢業了」，但我卻像一個剛從戰場撤下的士兵，還來不及卸下盔甲，就又被推向下一個戰線——「早期療育」。

這次的戰場，不是身體的病，而是「我這個人」。

自閉症的診斷像是一張新配發的門票，把我送進另一個世界——一個由規則、訓練、行為矯正組成的空間。在癌症的語言裡，目標是「消除不正常」，但在自閉症的語境裡，目標則是「讓你看起來正常」。而我漸漸明白，那些看似合理的調整背後，其實隱含著社會對「與眾不同」的集體焦慮。

所以當我回望那個被稱作Happy Ending的時刻，我忍不住想問：

那真的是結束嗎？

那是一場勝利，還是另一場更深的挑戰的開始？

癌症的「痊癒」，也許只是讓我準備好進入人生更長的一場療程——學會怎麼與世界互動，學會怎麼被視為一個「能夠被理解」的人。

不是不再疼痛了，而是疼痛有了新的名字、新的面具、新的偽裝。

對我來說，所謂的「轉身成功」，其實不是從病人變回健康人，也不是從自閉變得像「典型平凡人」。而是學會在每一場被貼標籤的歷程中，找到那個依然願意站起來說：「我還是我」的自己。

Happy Ending？

也許吧。但那不是句號。

只是我，用自己的方式繼續寫下去。

買一送一

癌症退場了，自閉症登場。

如果人生真是一場促銷活動，那我大概就是被宇宙選中的「限時優惠」得主。打開健保卡一看，我不只拿過一張重大傷病卡，還有「第二張」。有時我會想，那些在電視上哭哭啼啼說「老天太不公平」的人，大概不知道，其實老天也很有創意：一種病太單調？沒關係，**買一送一**、**雙重體驗**，讓你身體與心靈都能獲得完整折磨。

癌症像一場公開的戰爭，有醫生、有報告、有指標、有戰友。自閉症則像一場潛水任務，外表看起來沒事，裡面其實水壓強到讓你耳鳴。前者有人探病送雞湯，後者只會有人對爸媽說：「你們是不是教不好？」一個被同情，一個被誤會，兩種病症都合法、都有診斷書，但社會給的眼神截然不同。

當第二張重大傷病卡來臨的時候，我媽的臉完全沒有「再中一次樂透」的喜悅。她只是楞著，手上拿著卡，臉上寫滿「老天，您這是不是重複扣款？」的震驚。

後來我才知道，重大傷病卡的核發條件，不只是身體的重大異常，有時也是社會悄悄說出的一句「啊！你這樣真的不太一樣。」的暗示。而我，就是那個被迫太早學會「怎麼和不一樣共處」的小孩。別人說我是命運特別，我只覺得自己的命運比較像超商隨機加贈的小贈品——我其實不想要，但它總是自動被裝進我的袋子裡。

我大概是肩負起測試醫療制度重責大任的小娃娃——幫台灣健保實測流程、替醫院評估早療等候期、還讓老師實際演練了那種「外表正常，內建系統完全不同」的學生到底該怎麼教導。

有人說我很堅強，我其實想說：不是奇蹟，我只是沒死而已。

你以為我在面對，其實我只是不知道要逃去哪裡。說到底，這不叫勇敢，這叫沒選項。人生不是什麼Happy Ending，頂多是笑著走去下一場難關。

至於笑是因為真的想笑，還是酸到笑，那就只有我自己知道了。

也許不是「買一送一」，而是「活下來，再送你一份認識自己的機會」。

不是奇蹟，我只是沒死而已。

就這樣了

我媽媽其實懷疑很久了。

「怎麼跟他說話，他都不看我？」

「怎麼一直在轉那個玩具，不會膩嗎？」

「叫他名字，好像根本聽不到……但明明聽得到冰箱打開的聲音。」

「是不是我哪裡沒教好？」

她一開始以為是教養問題。也許是她太忙，也許是環境太吵，也許是我個性比較慢熟。但那些「也許」越來越多，最後堆成一座她越過不了的山。

更讓她困惑的，是我那段長期住院的童年。

在化療那些日子，我幾乎與世隔絕，生活只有點滴、藥水還有醫護人員的例行對話。別的孩子在公園奔跑、在幼兒園打鬧，我在病房裡學會靜靜地觀察，習慣沉默。她一度以為，這一切只是因為「接觸太少」、「社會化延遲」，只要恢復健康、開始上學，一切都會慢慢補回來。

但沒有。

出院後的我，依然像隔著玻璃活在世界外頭。

她開始上網查資料，問老師、問親戚朋友，也問自己。但問來問去，最後還是只能帶著我踏進小兒身心科診間求助。

醫生翻了翻資料、做了幾個測驗、問了幾個問題，又記了幾行字。接著，她把手上的筆輕輕一放，語氣輕描淡寫地說：

「嗯……是自閉症。媽媽你要有心裡準備，這孩子大概就這樣了。」

沒有驚訝，沒有驚恐，沒有「世界崩塌」的戲劇性反應。

就是那麼平靜，甚至像是一個醫療流程中的結語。就像告訴你：「你家小孩是感冒。」或者：「下週二要記得回診。」

但我知道，那天我媽回家的手，一直緊緊握著那張診斷證明，就像握著一顆尚未爆炸的炸彈。她沒哭，但她沉默得像一場地震剛剛發生。

「就這樣了。」

不是交代，而是宣判。

不是建議，而是結束。

後來我才明白，那句話不是說給我聽的，是對她說：「你努力過了，但你改變不了什麼。」

而我——那時還太小，聽不懂什麼是診斷，只知道空氣變重、媽媽的手變冷、回家的路變長。

黑人老師──教我，可以不一樣

被貼上「就這樣了」的標籤之前，我已經被送進幼稚園幼幼班了。爸媽期待我能在幼稚園幼幼班裡交到朋友，學習開口說話，學會融入醫院以外的世界。

於是，我正式踏入一個不太適合我存在的世界：幼稚園幼幼班裡有太多聲音、太多眼神、太多要我「跟上來」的節奏。別的小孩總是在跑、在跳、在吵，而我則像一台連開機畫面都還沒跑完的舊型電腦，系統還在掙扎載入，慢到像中了病毒，只剩轉圈和卡頓兩種功能。

我很快就不受歡迎了。

不是因為我搶玩具或打人，而是因為我「太不會玩」。我不看人、不回應、對同儕的遊戲規則一知半解。同學們總在我情緒崩潰時發出疑惑的聲音，有時是皺眉：「他又怎麼了？」有時是嫌棄：「他是不是壞掉了？」也有時是遠遠避開、假裝我不存在。他們不是壞，只是還不懂如何靠近一個和他們不同節奏運作的人。我的存在讓整個班像出現一顆安靜的炸彈，大家寧可繞開我，老師雖然繞不開，但也不知道該怎麼處理。

直到那天，那位老師出現。

他不是固定班級老師，只是幼稚園裡的外籍英文老師，一位身形高大、膚色深到閃光的黑人男老師。其他小孩一開始對他有點害怕，對我來說，他只是顏色比較深、語速比較快的人類。沒什麼特別。至少比那些一直問我為什麼不講話的孩子友善多了。

每次我在教室角落崩潰，班導師束手無策時，他什麼也沒說，只是彎下身，輕輕地拉起我，像什麼事也沒發生那樣，帶我走出教室，開始走樓梯。

「A、B、C、D……」他邊走邊念，語氣像念歌，又像念咒。

我不太想回應，但腳步跟著他的節奏動了起來。

「E、F、G……」他不催我，也不看我，只是繼續念。

我最後竟然跟著他，一階一階地，把英文字母從A背到Z。

那之後，只要我情緒不穩，他就用這種方法帶我爬樓梯、背字母，有時還加個單字，像是「Apple」、「Boy」、「Cat」。久了，我也學會主動往樓梯間走，好像那裡比教室還安全。

我英文的基礎，大概就是在那些「情緒爆炸後的樓梯漫步」裡打下來的。他是讓我第一次覺得「黑人」不是電視裡的搞笑角色，而是我人生中最溫柔的那段階梯。

後來，當我前往美國旅遊時，不小心迷路在沃爾瑪超市高聳的商品貨架間，我勇敢地走向一位黑人大媽，在一陣雞同鴨講比手畫腳後，她居然真的帶我找到媽媽，還用手指輕輕點我的額頭說：「Smartboy!」那一刻，我突然有點想哭。那個笑容太像了——跟我小時候在樓梯間背字母時，黑人男老師回頭看我一眼的那個笑，一模一樣。

還有我和媽媽住宿的芝加哥公寓民宿，大廳的門房是一位黑人大媽。她總是用力過頭的笑聲打招呼，見到我就張開雙臂，來一個誇張到我快站不穩的擁抱，然後用她誇張的嗓音說出同一句英文：

「My cute and my handsome little boy!」

每一次都一樣，每一次都像一句魔法咒語，把我身上那些「不一樣」的痕跡，通通變得不那麼沉重。

我後來才明白，我對黑人那份莫名的親切，並不是政治正確或文化理解——而是身體的記憶：那些最早接住我、教我可以不一樣也沒關係的人，剛好是黑的，剛好是我曾經掙扎不開的白色的相對色。

鏡子——媽媽是孩子最好的老師

世界上最早想接住我、也最怕自己接不住我的人，一直都在我身邊。是媽媽。

從兒童身心科門診走出來那天，她手裡握著那張自閉症診斷書，臉上沒有眼淚，也沒有表情。那不是冷漠，是過載。就像電腦畫面當機時，所有視窗都卡住了，一個鍵也按不下去。

那一天，我們走在回家的路上。天氣很好，但她低著頭，影子小得不像她自己。她告訴我，當醫生說出「就這樣了」的時候，她的腦袋裡一片空白，只有一種感覺：她不知道該怎麼當一個媽媽了。

不是不想當，是不知道該怎麼做才是對的。

她怕自己再怎麼努力也教不會這個孩子，怕自己再怎麼認真，也追不上我漂浮不定的節奏。她開始懷疑每一個決定——是不是胎教沒做好？是不是吃錯了東西？是不是在我生病時忽略了什麼神祕關鍵？是不是她自己，也有什麼地方，是「壞掉」的？

那段時間，她活得像一塊被抽掉指南針的地圖——有方向線，卻不知道哪邊是北。

直到有一天，一位長輩坐在她身旁，把茶几上的鏡子遞給她。

「妳看看鏡子裡的妳。」

媽媽抬頭看了幾秒，有點遲疑地問：「這要做什麼？」

長輩點點頭。「妳以為妳不懂孩子，但其實妳現在連自己都不太認得了。妳不是失敗，是還來不及重學。媽媽是孩子最好的老師，你是甚麼樣子的媽媽，你就會有甚麼樣子的孩子，你自己就是一面鏡子」

媽媽那時一語不發，但回家的時候，她把那面鏡子也一起帶回了家。

從那天起，她不再拼命去改變我。她開始學著「陪我活下去」，而不是「把我導正」。她不再上網瘋狂找早療資料，不再在我不說話時逼我開口，只是學著讀懂我的沉默、我的走神、我的迴避，學著等我。

她用她的方式慢慢找到我，而不是等我變成她熟悉的樣子。

她是我生命裡最早的老師，不是那種有教案、有評量、有成績的老師，而是那種願意承認「我不會，但我願意學」的大人。

她不是完美媽媽，但她是唯一沒放棄學著怎麼愛我、教我活下來的人。

我後來學會很多事情，但最重要的那幾件：怎麼安靜地存在、怎麼在情緒裡不淹死、怎麼不因為「不一樣」就自我毀滅，都是她教的。

因為鏡子裡那個曾經認不出自己的媽媽，後來成了最能看見我、也讓我看見自己的老師。

早期療育——走進樂仁

如果說，媽媽是我人生裡最早的老師，那麼「樂仁」啟智中心，就是她第一個找到的，願意陪我們一起面對自閉症大魔王的隊友。

那天，爸爸媽媽帶著我推開了「樂仁」啟智中心位於高雄無障礙之家二樓的大門。那扇玻璃門看起來不大，但我知道，對媽媽來說，那扇門沉得像整座山。她拉著我的手，有些用力，像是怕一鬆手，我就會像風箏一樣跑掉。

接待我們的是一位笑起來很溫柔的老師。

「你好，我是林副主任，第一次來，應該有點不安吧？」

「我們先一起參觀一下，好嗎？」

我們跟著她慢慢穿過中心的大廳。大廳裡架著一座鞦韆，還有一張彈跳床。還有個教室裡傳出輕聲的音樂聲跟喃喃的細語。

轉角的大教室裡有一個大大大的球池，裡面滿是五顏六色的小球球，我有點好奇，不知道那個球池會不會有什麼東西鑽出來。

我沒有哭，也沒有笑。只是睜大眼睛看著，聽著林副主任介紹著一切。這個地方，我不熟悉，跟我接觸過的一切都不太一樣。

媽媽握著我的手還是有些緊，但我感覺得出來，她的呼吸慢了一點。

從那天起，我每天都會來樂仁中心上課。

我喜歡在鞦韆上搖來搖去，也喜歡在彈跳床上蹦來蹦去，但我最喜歡的，是躲進球池裡，把自己整個埋起來，像一顆沉進彩色星球的小行星。

在這些孩子氣的玩耍行為背後，我仍然是個自閉症的孩子。

但這裡的老師不會催我、不會逼我「變得正常」。

他們只是陪我，等我，一點一點，找出我與世界的距離，然後幫我搭一座橋。

這是我生命中第一個「願意陪我一起找答案」的地方。

有些門，需要鑰匙；有些門，需要很辛苦、很用力地推開。

樂仁中心的門，需要老師從裡面按下按鈕，然後——它會自動滑開。

進來以後沒有奇蹟，但有一種踏實的希望，在這裡慢慢展開。

照恩媽媽

我一直記得她，我的照恩媽媽。是一位矮矮小小、綁著馬尾巴的老師。她的聲音亮亮的、走路快快的。每天一看到我，就會笑著說：「早安！今天也是個好天氣喔～」

她說，她有一個跟我一樣年紀的孩子，所以，她總是用對待兒子的心態來照顧我。

不會自己吃飯的我，她一湯匙一湯匙地慢慢餵，雖然我的吃飯速度堪比烏龜，她總是笑瞇瞇地說：「凱凱好棒，吃得真好！」

她也會在我不想說話的時候，安安靜靜陪我坐在鞦韆架上，悠悠地盪著，什麼也不問，什麼也不說。

在我不小心跌倒時，她也沒有急著把我抱起來，也沒有叫我「不要哭」——只是輕輕蹲下來，看著我，說：「有點痛對不對？我們一起慢慢站起來，好嗎？」

我學會的，不只是「站起來」，還有一種叫「被理解」的感覺。

她還教我怎麼用眼睛去看懂別人臉上的表情。

一開始我看不懂眉毛、嘴角、眼睛那些變化，但她會用手比出表情，帶著我的手在她臉上一遍又一遍地描繪：「這是開心，這是生氣，這是……害羞。」

我看著她的臉，就像在讀一本繪本，慢慢開始認得「人」的樣子。

有時候，她也會蹲下來，偷偷對我說：「我也有不想上班的早上喔，但我還是來陪你啦！」

我不知道別人心裡的媽媽是什麼樣子，

但在樂仁，我有兩個媽媽——

一個是牽我來樂仁啟智中心上課的媽媽，

一個是每天牽我進教室的照恩媽媽。

幼稚園生存指南

進入幼稚園時期，對一個小娃娃是一種生活方式的重大變化，有些孩子適應的很好，有些則不然。

我是後者。

我對幼稚園的排斥不只是一點點，而是非常非常地排斥。

我的第一所幼稚園，每當車子還離學校兩條街的距離，我就開始放聲大哭。這一哭，可以驚天動地兩個小時不停，直哭到我體力不支為主。

幼稚園老師總安慰媽媽說：「放心，凱凱只是分離焦慮，一陣子之後就能適應環境了，只是這孩子需要一點時間。」

只是她沒想到，她所謂的「分離焦慮」，直到我四個月後離開幼稚園都沒改善過。

最終，在我媽媽的耐性與幼稚園園方的包容度大PK中，媽媽獲勝。我的第一次幼稚園體驗，以校方婉轉拒絕我的入學宣告終止。

沒錯，我被幼稚園「退學」了。

人生第一場社會接觸，就以撤退告終。

不是因為我做錯了什麼，只是那時的我，還無法說清楚自己的害怕與不安。

我只是——還不想離開媽媽。還不想進入一個充滿陌生聲音、氣味和眼神的地方。那時我才四歲，人生第一份社會經驗就告訴我：「這世界，不是每個人都等得起你。」

世界終究是要往前走的。

但一份真正實用的「幼稚園生存指南」，不能只教你怎麼逃跑。更該教你——萬一你真的走不掉了，該怎麼在恐懼裡活下來。

我的第二所幼稚園，就是我真正學會「生存」的地方。

雖然我還是哭，還是拖拖拉拉地在校門口站了很久，眼淚一直掉；還是像溶化的年糕一樣扒在媽媽身上不放。但這次，我遇到的老師不一樣。她們告訴我：「你可以慢慢來。」

這才是幼稚園生存指南——

第一條：找到那個願意等你的人。

不是那種等你五分鐘然後開始翻白眼的那種，是那種等你哭完、擦完鼻涕、還給你一個抱抱的那種。

第二條：慢不是錯誤，有人願意陪你慢，才是關鍵。

我怕吵，不太說話，看不懂別人的表情。

老師沒有丟我去角落，也沒說「你這樣怎麼交朋友啊？」

她讓我用手指描她的臉，慢慢學：「這是開心，這是生氣，這是難過。」

第三條：看不懂世界沒關係，有人願意教你怎麼看。

有時候，老師會靠近我，小聲說：「我今天也不想上班，但我來了，因為我想陪你。」

那一刻，我第一次覺得，我不是唯一一個不想來幼稚園的人。

第四條：原來，大人也有不想面對的時候，你不是奇怪的。

所以如果你也像我一樣，一想到上學就想哭，那就收下這份指南吧。不是為了讓你「趕快長大」，而是讓你知道——你有資格慢慢來，有權利不馬上適應。有權利按照你的步驟，慢慢地明白什麼是「被接納」，什麼是「慢慢的也沒關係」，什麼是「還沒準備好也沒關係」。

我們不是輸不起的孩子，只是需要一點不一樣的方式，才能好好活下來。

這就是我的**幼稚園生存指南**。

特殊生 vs 普通生？

每個國小一年級新鮮人的入學季，對普通家庭來說，只是開學；對我們家來說，卻是另一場戰役的開始。

在早期療育結束轉至國小前的那幾個月，家裡每天都氣氛緊張，爸爸媽媽一邊忙著蒐集各個小學的資訊，一邊忙著與社工、老師們討論開會，她們討論的重點不是在「要讀哪一所學校比較好」，而是——「凱凱，到底是讀特教班好，還是普通班好？」

普通班聽起來是常規人生的「正常路線」，但對於一個不會說話、身上裝著人工血管、身體素質很差、隨時擔心傷風感冒，連跌倒都有可能送醫的小孩來說，這條正常路線實在太筆直，缺少了安全保護欄。

而特教班，好像比較安全，卻也像是一條被分流的「分叉道路」。

爸媽憂心忡忡地討論著：

「會不會限制了凱凱？他其實挺聰明的，應該也能學習得不錯啊……」

「如果一不小心被推倒，那不是讀書，那會出大事吧？」

「唉……到底要選哪一邊，才不會後悔？」

最終，我進了特教班。

不是因為我能力差，而是因為我有太多「不能承受的脆弱」。

我的身體裝著人工血管，有時只是推擠碰撞一下，就可能感染，甚至破裂。

我不太會說話，有需求、有狀況也不一定能馬上表達，只能無助地用眼神漂浮著期待，希望有人能明白我的想法。

爸媽不是不想我和大家一樣，只是……他們擔心追求「一樣」的代價太高。

怕我在走向「普通」的路上，被這世界狠狠踢倒。

所以他們選擇了一條我「比較不會受傷」的路。

但世界從來沒有比較溫柔。

普通班的孩子，經過我們的教室時會好奇地張望。

有時候他們會問：「他怎麼都不說話？他怎麼不跟我們玩？」

有時候他們什麼都不問，只是笑，然後跑開了。

我有一次跌倒了，人工血管撞到了椅子。

老師說：「幸好沒事，不然你媽媽又要來開會了。」

我笑了一下，眼淚也掉了一下。身體有點疼，心裡也是。

爸媽當初選這所學校時，聽了很多「傳聞」：老師很有愛心、學校重視融合、同學很友善……

但後來他們才發現——

傳聞最大的問題，就是它只能是「傳聞」。

它不會出現在聯絡簿裡，也不會擋下那個跑來撞我的小朋友。

它不會讓我突然會說話，也不會讓我突然不怕痛。

它不會保證我不被排擠，不會保證每個「普通」的孩子都願意拉我一把。更不會保證每一位老師都願意停下腳步來等等我。

我不想當特殊生，我只是需要更多額外的安全感。

不是我不想當普通的小孩，只是我的身體有些不能普通的限制。

不是我不會交朋友，是我需要別人慢一點懂我。

不是我不適合這世界，是這世界還不太會接住我這樣的小孩。

所以，如果你問我：「特殊生跟普通生差在哪？」

我想說——

差在這世界對誰有耐心，對誰沒有。

教室裡的體育課

我的第一所小學，是一所很長很長的學校。

學校的最後方是大大的操場和遊樂設施，再往前是普通班教室和老師辦公室，最前方的入口處是一大片的中庭，兩邊分列著校長室、輔導室、保安室、資源班，還有——特教班。

我在這所學校待了將近兩年，

但對於最深處的操場，我卻意外地陌生。因為從特教班移動到操場需要花費很多的時間，多數的時候，我們都在校門口前的中庭上體育課。會有直排輪課在這裡進行，但媽媽總是心驚膽跳的，原因是中庭邊緣有幾個缺口，能直接看到樓下的地下室通風井。同時，教室旁的學校圍牆，矮矮的只有半人高，我稍稍踮著腳尖，隱約也能看見圍牆外喧鬧的早市攤販。

我想，當媽媽的總是有點被害妄想症。

當她在洗手間遇見翻牆進來「借廁所」的陌生人，她非常驚恐地跟老師告狀去了。

當她一次又一次擱下應該上直排輪課，卻好奇地下室長相的我，她也非常驚恐地跟老師告狀去了。

學校老師其實也很無奈，會告狀的家長、不受控的學生，還有學校無法改變的外在環境。

最安全的地方，似乎只剩下教室裡。跑步機插上電源就能消磨許多好動小孩的精力。課桌椅排好，中間的過道利用起來，滑滑學步車，滾滾大球，也能安撫孩子們躁動不堪的心靈，還曬不到太陽，老師們也不用再像阿拉伯婦女一樣，把自己包到只剩眼睛露在外面。

嗯！皆大歡喜。

我的祖師婆婆

放學後，我總是要到復健科報到。

物理、職能、語言……各式各樣的治療，總是在我下課後如火如荼地展開。

只是，效果一直有限。

但我那位極有耐心的媽媽，始終沒有放棄，一次又一次地陪我嘗試。

直到有一天，我遇見了我的祖師婆婆——官育文老師。

那時她還是高雄市立高雄特殊教育學校的老師。

別的老師放暑假四處去遊山玩水，她卻和同事李老師一起，穿梭在高雄各家小兒復健科，尋找「可造之材」。

她們帶來的，不是糖果，也不是遊戲，而是一門神祕又強大的武林秘笈——打字溝通法。

為什麼我要叫她「祖師婆婆」呢？

因為，當時在復健科幫我上復健課的劉孟佳老師，正是她們的指導學生。

祖師爺聽起來太陽剛，祖師婆婆才符合她溫柔又堅定的風格。

那是我第一次接觸打字溝通法，第一次學會透過按壓、手勢、觸覺來傳遞訊息。

她們不只是教方法，更是教我：

「即使說不出口，也可以讓世界聽見你。」

也是因為有她們的指導，今天的我，才能把心裡的故事寫卜來，讓你們聽見我沉默世界裡的聲音。

跑給你追

我本以為自己會像江湖奇才，一學就會、一點就通，結果我是那種……開局就把師父嚇到想退隱的類型。在真正領會打字溝通法這門高深武功之前，我其實是一個頑皮到不行的學生。當祖師婆婆撤場回到高雄市立高雄特殊教育學校上課之後，就只剩下劉孟佳老師跟我烏龜撞鐵鎚，硬碰硬了。我卻差一點把一位富有愛心的特教老師逼到辭職不幹，原因無他，我這個六歲小孩，總是在每一堂課的時候：

跑給老師追！

本來就是一個I人（內向）老師，卻遇上這麼一個難以控制的學生，我現在真的很難想像，當年的她是如何撐過來的。她是那種溫柔到幾乎會被別人誤認為「不夠有威嚴」的老師。但是後來我才知道，她的溫柔裡，其實藏著一種非常頑固的力量——

她，從來沒有放棄我。

即使知道我會跑、會跳、會東張西望，她還是每天都把打字板準備好，像準備一場沒觀眾、也沒有掌聲的演出。

我還記得第一次「靜下來」的那一刻，那天我終於摸對了打字的位置。她握住我的手，輕輕說了一句：「對，就是這裡。」那聲音像是給了我一個小小的舞台，讓我覺得我不是亂碰，而是成功。她沒有誇張讚美，沒有說「你好棒喔」；她只是微笑，然後繼續下一個字。就是這樣，我每天跑一點、坐一點、多學一點。她也每天教一點、等一點、忍耐我多一點。學習打字溝通法的過程，不是從「認得出來」開始，而是從「願意留在原地」開始。

偷偷告訴你們一個小秘密：

劉老師可是我小屁孩時代的夢中情師。長長的頭髮、溫柔、美麗、親切，聲音甜甜的。

現在想起來我都還會自責：「我當年怎麼會欺負她呢？我壞壞，自打屁股一下。」

我的劉老師一路陪著我慢慢長大，用她柔柔的聲音，教我一個字、又一個字；她教的不只是知識，還是穩定、信任，還有——等待。而我也從當年那個會亂跑的小屁孩，成為看著她出嫁，看著她為人母的大學生了。如今，「跑給你追」的主角，已經交棒給她自己的親生兒子囉！

嘿嘿！凱凱我也算是——後繼有人啦！

此處不留爺，自有留爺處

當打字溝通法學成之後，我以為我的人生會像武俠小說裡那樣——苦練多年，終於出山，一掌拍倒世界的冷漠與誤解。

但現實人生故事，情節不會這麼簡單。

我練成的是「打字溝通法」，但不是每一所學校、每一位老師，都願意接招。

學校老師們並不是壞人，他們只是……不太知道怎麼「應對我這種學生」，怎麼「應對這種溝通方式」。

我不太會講話，但我會用打字表達。

我不太擅長眼神交會，但我其實一直都在聽。（只是外在行為表現，常常被誤以為不專心。）

我學會怎麼敲打字板，一點一點地說出我的名字、我的想法、我的需求……

但我的打字溝通，需要扶手——

也就是我需要一雙讓我安心、信任的手借我，我才有勇氣表達出內心的想法。

你可以把扶手者想像成「電線插頭」，當我插上電源，我腦海裡的思緒，才能像電流一樣源源不絕地流出來。

只是，常常會有人質疑：「這真的是他想說的嗎？」「還是扶手者代替他說的？」

我努力學會了用打字說話，卻不被信任。

後來，媽媽去找了學校、找了老師、找了輔導老師、找了主任……

她試著溝通、解釋、演示，但總有人低聲說：

「這是真的嗎？」

那一年我七歲，我還不太理解大人的懷疑從哪裡來。

但我很清楚一件事——我，不被信任。

我開始拒絕進教室，我也開始拒絕相信更多的人。

我選擇安全地待在自己的小天地裡，像一隻小烏龜，慢慢把自己縮進殼裡——不被傷害，也不會受傷。

所以，媽媽做了一個選擇。也許是勇敢，也許是無奈：轉學。

而我，也願意重新整裝出發，重出江湖——

此處不留爺，自有留爺處。

平行的視界

在決定轉學之後，媽媽帶著我，一間一間拜訪許多學校，像帶著一份產品說明書四處推銷。我坐在旁邊，看著她小心翼翼地解釋、遞資料、點頭微笑。

那種感覺，就像——我是她在賣的產品。

每一所學校的走廊都很長，教室和辦公室都很亮，老師們坐在辦公桌後，每張臉都寫著「專業」，每雙眼都鎖在我的資料上。而小小的我，被媽媽牽著手，用一種很低、很小的角度，仰望這個大人的世界。

那時我終於明白：轉學的事，說穿了就是——去拜託別人接納你。

每當媽媽介紹我，說我使用的是「打字溝通法」，說我需要「扶手」協助，說我「還不太會講話但聽得懂」……有的老師會點頭、記筆記，有的笑一笑、保持禮貌。

但更多的時候，他們的眼神只在媽媽和報告之間移動，很少，真的看向我。

我不是生氣，也不是難過，只是覺得——他們好像不太看得見我。

我太矮了。

那種被人當成空氣的感覺，似乎讓你真的開始懷疑自己是不是空氣。

那天，一切都照舊。

我一樣安靜地被媽媽牽著手，媽媽一樣解釋我的狀況。辦公室裡，一位老師坐在桌後，聽著聽著，忽然站起來，繞過辦公桌，腳步慢慢地，但很穩。

她走到我面前——然後，她蹲了下來。

她看見我了。

不是看我寫在資料裡的名字，不是看我手裡的打字板，而是，看我，像看一個真的人。

她和我平視。

我在她的眼睛裡，也看見了——全部的我。

我決定來這所小學就讀，我不知道未來會不會還有困難、會不會再被誤會，但我知道，有一個老師，在見面的第一天，就願意用我的視角看世界，而不是只看我的「使用說明書」。

也許未來還是會有看不見我的人，但我知道，我值得被看見。因為有人已經蹲下來，看過我。

營養午餐

在我所有的小學回憶裡，如果要我說出「每天最期待的時間」，那不是下課，也不是體育課，而是——吃營養午餐的時候。

我轉學後的這所學校有自己的廚房，真的，是學校裡面的一間廚房，不是外送便當。

每天早上當我開始學習時，廚房媽媽們就開始炒菜、煮湯，空氣裡會有一點蒸氣和醬油香。

還沒吃，我就知道——今天會是個好日子。

我吃得慢，吞嚥也不是很好，但老師從來沒催過我。

他們會幫我把飯裝得鬆一點，湯晾涼一點，甚至還會偷偷幫我把不喜歡的蔬菜挑掉（我媽那時不知道，現在知道應該會來找我算帳）。

每天吃著廚房媽媽們做出來的熱騰騰的飯菜，是小小年紀的我當年不曾明白的幸福，雖然當時還是會嫌棄，嫌紅蘿蔔太多、嫌香菇咬起來怪怪的，但現在想起來，那真的是一段很安穩的日子。

不是因為每道菜都好吃，而是那時的飯菜香，一直停留在我的童年記憶裡，未曾忘記。

來人啊！關門放狗

升上小學三年級後，媽媽送了我一份毛毛的禮物。

因為她全身都是白毛，一隻小小的白色博美狗——「荳荳」。

她好可愛！好可愛！好可愛！（很重要，所以要說三次）

所以，帶到學校去炫耀炫耀是一定要的啦！

沒意外地，荳荳得到全班師生一致的喜愛。

每天放學前，媽媽會提早一點帶著荳荳到教室來接我放學。

這時，總有同學忍不住想要抱她、摸她、吸她的毛（是那種認真到像要把毛吸進去的吸）。

但——傲嬌的小博美狗，不是誰都能得到她的青睞，想擼狗，門都沒有。

為了讓全班同學都有機會被荳荳「臨幸」，老師們發明了一個放學前限定儀式——關門，放狗。

教室前後門一關，全班同學分散兩側，荳荳一出場，彷彿進入伸展台——跑給你追，然後冷不防撲向某位同學的大腿或書包。

恭喜你，今日幸運兒！

被她選上的人，會像抽到卡牌一樣尖叫：

「她來找我了！她親我了！」

我呢，就默默坐在我自己的位置上，看著荳荳被大家追著、笑著、叫著，心裡有點驕傲、也有點：嘿嘿，她可是我家的妹妹耶。別人只能排隊，我連睡覺都能跟她搶枕頭。

那段時間，我覺得自己走路特別有風，不是因為我做了什麼特別厲害的事。

只是因為——我有一隻狗，一隻超級可愛的白色博美狗，全班都在排隊等她看一眼，而她，是來接我放學的。

不好惹的媽

在我媽媽的人設裡，有兩個標籤是她最不想要、但很常被貼上的：一個是「意見很多的家長」，另一個則是「很難溝通的媽媽」。

她常常笑說：「欸，我是很客氣地問啊，是你們自己講不出道理。」然後，她轉頭去翻法規、打電話、發文、開戰。沒錯，我媽是那種——看起來很好講話，真的要講起話來你會講不過她的類型。

這次，她不想吵架，也不想出名。她只是想問一件事：學校裡新建校舍中，原本規畫給特教班使用的綜合教室，為什麼完工後卻被移作他用。但她和其他特教班家長詢問校方後，得到的回應是：「我們會再討論看看喔。」

這種「討論看看」，在普通人的翻譯就是：「希望你自動放棄吧。」

但我媽，剛好是那種**不會自動放棄**、**還會自動開火**的類型。她開始查《特殊教育法》的相關條文，詢問教育部門相關單位，詢問所有與規畫校舍有關的承辦人員。她沒吼叫，也沒鬧場，她就是一句一句問，一條一條找。

最後，她帶著幾位特教班的家長，拿著她整理的資料，一條條列在簡報上。開場白只有一句話：「不好意思，我們的孩子需要一個能安心上課的環境，這件事值得大家重視。」

於是，特教班教室旁有了一個我們能盡情放縱的綜合教室，休息時間不用只是被侷限在教室小小的課桌椅間。在綜合教室裡，放了一張大大的電腦螢幕、鋪滿了木質地板，不是那種便宜的塑膠地板味，而是真的可以打赤腳滾來滾去。那種舒服，連媽媽都忍不住說：「我也想躺著休息一下。」

後來我才懂，那不只是一間教室，那是許多媽媽們一吋一吋，和世界談來的空間。那間教室裡有電腦、有地板，還有媽媽們努力留下來的痕跡，靜靜地鋪在每個角落。

我媽不是來踢館的凶神惡煞。她是來告訴大家：我們這些孩子沒比別人多什麼，但他們也不該比別人少什麼。

她常常說：「我不想當壞人，可是你不讓我當好人，那我就只好當一個——不好惹的媽。」

從前門到後門

轉學後的新學校，前兩年我過得蠻愉快的。

因為我們的特教班在前門第一棟一樓，距離門房保全叔叔不到三十步。只要我揹著書包、拖著早上醒不過來的腳步慢慢走進來，不管幾點，門房叔叔都會說：「欸，來啦，今天比昨天早一點喔～」

遲到？那是別的同學要煩惱的事。

對其他人來說，遲到會被糾察、寫聯絡簿；對我來說，只要點個頭，綻放一抹甜甜的微笑，我就能瀟灑地走進教室。媽媽每天站在校門口，看著我慢慢走進教室，然後放心地轉身去上班。那畫面像極了電影結尾——慢動作、逆光、柔光，完美收場。

我也以為，人生能夠一直這樣瀟灑地下去。

直到小學五年級，學校校舍重建，我們被搬到了「後門」的校舍二樓。

看起來只是搬個樓層、換個入口進校門，實際上卻像是命運翻了張卡牌，整套規則全改。

後門的鐵門每天固定時間會「咔」一聲鎖上，錯過時間，就只能站在門外聽著鈴聲，看著自己的人生被一扇門擋在教室之外，等著媽媽電話跟老師呼救，等著老師下樓救援。

而且，媽媽也無法再目送我走進教室。

現在我得自己繞過後門、爬上樓梯、像打卡一樣走進這個「沒人目送」的新世界。一開始我有點不習慣。不是怕遲到，是怕那個鐵門的聲音——那個「咔」聲——不像前門那樣溫柔，它冷冷地準時提醒你：沒人等你了。沒了刷ＶＩＰ臉的機會，也沒了那位會對我點頭微笑的叔叔。

但也因為這樣，我第一次意識到——我原本享受的，不是什麼特權，而是一種剛好的「地理恩惠」。

不是我特別厲害，而是剛好教室在對的位置，剛好門房叔叔願意通融，剛好媽媽能看著我進門。從前門到後門這不只是空間的搬遷，是連人生難度都偷偷調高了一點。

那時我才懂，原來我曾經擁有的，不是「我特別」，而是「我剛好」——剛好教室在門口，剛好有人開門，剛好還能回頭看到媽媽揮手。

這些「剛好」，一旦搬了教室，就變成「剛好沒有」。

從前門到後門，我學會的不只是從哪個方向進校門，而是明白了：有些門，會等你；有些門，不會。

有些人生開場像走伸展台，有些一開場就要闖關。

但不管從前門還是後門，至少我還是有走進去。

只是偶爾會懷念，那個有叔叔、有陽光、還有媽媽站在遠方比我還緊張的早上。

我的首富同學

你可能不信——我的同學叫嘉誠。

驚訝嗎？

他，和香港首富李嘉誠先生同名。

但他們的命運，截然不同。

李嘉誠先生手擁龐大資產，行雲流水間就能讓股市波動、大盤震盪；而我的嘉誠同學，卻只有輪椅那一方天地。

他的世界小小的。

很小很小。

雖然他沒有李嘉誠的資產，但他有某種我們沒有的從容。

他無法行走，卻總是笑咪咪地看著這個世界，彷彿一切都還值得期待。

他從不爭搶，只靜靜聽著我們喧鬧，看著我們奔跑，像一位微笑的旁觀者，穩定而安靜。

人生如果是一場競賽，他始終拿不到參賽權。他罹患罕見疾病，沒有任何康復的可能。身體只會一天天惡化，像銀行利息一樣，一點一滴，扣走他的光陰，扣掉他的自由。

他越長越大，陪他上學的阿公腰卻越來越彎。

我看過阿公背他進教室，那氣喘吁吁的背影，像一座傾斜的山。阿公沒喊累，但我看到了那些滴落的汗水，早已替他說了話——訴說著人生對他們的殘酷。

阿公也總是笑咪咪的，一臉的憨厚靦腆。彷彿這一切都像一日三餐般的簡單。

他們爺孫倆，就這樣每天、默默地走在我們看不見的日常裡。

而嘉誠呢，總是坐著，但從不讓自己顯得渺小。但他讓我明白，有些人即使坐著，也活得比誰都穩當。

他的眼神總是溫和、乾淨，像早晨沒人踏過的草地。

如果心裡能這麼安靜，那才是真正的富有吧。

所以在我心裡，他不只是「嘉誠」，他是我真正認識過的「首富同學」。

毛毛的畢業紀念冊

毛毛的畢業紀念冊？

放心，這不是靈異事件，而是一段曾經存在的日常。

小學六年的休止符，大概就是畢業紀念冊了。

對一般班來說，拍畢業照就只是個流程；但特教班要拍攝畢業照，那可是大工程。

因為我們不是「來了就拍」那麼簡單。

有人對鏡頭過敏、有人不想穿制服、有人坐太久會開始扭來扭去，還有人一定要先吃餅乾、喝完水、聽一段喜歡的歌才能開啟「拍照模式」。而且，今年我的狗妹妹——荳荳，也要入鏡。

她是每天來接我回家的狗妹妹，也是全班同學的團寵。

她每天準時出現在校門口，搖著尾巴等我，也順便讓大家輪流抱抱。她昂著頭，走進學校像個大明星，尾巴一甩一甩，驕傲得就像來參加影展走紅毯。

拍畢業照那天，一開始大家都超僵硬，嘴角像被膠水黏住。

直到荳荳一到現場，氣氛才整個融化。

她穿著粉紅色小裙子，脖子上還繫著可愛的蝴蝶結。

她一臉就像知道自己今天是主角，穩穩地坐好、盯著鏡頭。

坐得比誰都穩、看鏡頭比誰都準，還陪我們一個一個輪流合照。

輪到我時，我抱著她，她乖乖窩在我懷裡，耳朵立著，眼神對焦精準到像在拍身分證。我笑得有點靦腆，她卻一臉鎮定，彷彿她才是要升上國中的那個人。

我不知道大家以後還記不記得那年穿什麼制服、坐第幾排，但我知道，只要那一頁翻開，有荳荳在，大家一定會記得那個笑得最開心的瞬間。

她陪我長大，也陪我們一起畢業。

她的身影不只定格在畢業照裡，也烙印在我們的記憶裡。

這本畢業紀念冊裡，有學生的笑容、有老師的叮嚀，還多了一雙毛茸茸的耳朵、一條會搖尾巴的回憶，多了一份安靜卻溫柔的存在。

這不只是我們的畢業紀念冊，也是荳荳的毛毛畢業紀念冊——
有她的耳朵、她的尾巴，還有她那副「我才是主角」的傲嬌神情。
那一年，我們全班畢業，也多了一位畢業生的名字，寫在我們每一個人的心裡。
所以，這不是我們的畢業紀念冊而已，這是我們一起存在過的證明。
包括她。包括荳荳。包括那個毛毛的畢業生。

人人有獎

畢業典禮的高潮，不在頒獎的瞬間，而在每個名字被喊出來的那一刻。

國小畢業典禮的重頭戲之一，就是頒獎。

從市長獎、校長獎、模範生獎到各式創意獎項，這不只是表揚學生們六年來的努力，更像是一場「是非功過」的總結——誰乖、誰努力、誰跑得快、誰笑得甜，都能領回一張「完美童年」的畢業證書。

不過特教班有一項其他普通班級沒有的「特權」，並非同學們個個表現亮眼，而是獎項繁多，但學生數量太少——所以，人人有獎。

典禮當天，特教班每位同學輪流登台：有人搖搖晃晃地走上舞台、有人步伐穩健如儀隊進場、也有人蹦蹦跳跳，還沒站定就先對台下比個耶。

老師壓低聲音提醒：「記得鞠躬」，一邊奔走整理服裝、一邊遞上獎狀。整體節奏略顯混亂，台上每一幕似乎都不按牌理出牌，卻比任何流程完美的頒獎還要動人。那一刻，孩子們嘴角微微上揚，因為他們知道——自己被看見了。

這不是「包容」或「美化」，而是一種理直氣壯的承認，承認即使是身心障礙的孩子，也能發光發熱。

「人人有獎」不是隨便發糖，而是根據每個孩子的成長軌跡，肯定他們的努力，讓每一種進步都有機會被看見。

這不是形式上的公平，而是真誠的體貼，是對差異的理解與尊重——讓特教班裡每個輸在人生起跑線上的孩子，也能在階段性的終點線上，抬頭挺胸地說：「我也畢業了。」如果一場畢業典禮的目的是「讓孩子好好告別這段童年」，那麼「人人有獎」就是最溫和也最務實的告別方式——讓每個人都能帶著光亮前行，無論前路如何。

被晃點了

小學畢業前，我預定就讀的國中舉辦了一場說明會，由校長帶著校務人員，根據學校的特色、教育方針與設備，進行了一連串的介紹。

這場說明會，我也夾雜在一群家長之中一起參加了，因為我總覺得——自己的未來，總該自己先去了解一下。整場說明會，坦白說我聽得昏昏欲睡，直到校長拿起麥克風，提到學校會因應各式節慶舉辦活動，比如聖誕節，會有聖誕老公公來與同學們同歡，也會邀請大學生到校與學生同樂，帶著大家一起跳舞。感覺像極了電視廣告裡那種「充滿關懷與笑聲」的畫面。

那一刻，我突然對未來的國中生活浮現一絲期待。

開學後的第一個聖誕節，特教班教室裡只走進了主任，他乾笑了幾聲，發下了一份聖誕小禮物。

然後——就沒有然後了。

說好的聖誕老公公呢？

說好的大學生勁歌熱舞同歡呢？

我看著主任，再看著窗外的陽光，心裡只冒出一句話：

啊，原來說明會，只有幻燈片才是真的。

中午的操場

我是個不睡午覺的學生。

這點讓很多老師都很頭痛：一個不午休的孩子在班上，那就是一顆不定時炸彈。不是東摸西摸，就是坐立難安；最糟的時候，還會假借上廁所的名義，在走廊遊蕩，像孤魂野鬼一樣。

國小時期，每天幾乎都有老師一對一盯場，才能讓我在午休時間安靜、不干擾其他同學。

但上國中之後，老師顯然沒那麼多餘裕能管一個不睡午覺的學生。

一開始，他們也嘗試過各種方式，桌遊拼圖、靜態閱讀、美勞練習……以上通通無效。

簡單來說，就是沒有一樣能讓我乖乖安靜下來。

直到有一天，有位老師乾脆放棄抵抗，決定陪我一起走操場。

「既然你不想睡，那我們動一動好了。」他這麼說。

於是從那天開始，我的午休變成了另一種課程。

太陽高掛，地面微微發燙，我們一圈圈地繞著操場走。

他不催我，也不說教，只是陪在我身邊，像顆默默運轉的行星。偶爾他會說些道理，我聽著，卻什麼都不回應；有時他什麼都不說，只陪我聽著風吹過樹葉，偶爾也聽見哪裡傳來拖椅子的聲音。

那段時間，我們像兩顆被遺忘的小行星，

在無人注意的午休宇宙裡，慢慢走，慢慢閒晃，慢慢找到一種，不屬於課表的節奏。

曠課通知單

有能力，只是能力發揮的時機……不一定剛剛好。

我曾經是個收過【曠課通知單】的人。

當這張通知單寄到家時，我才知道，原來連「沒來學校」這件事，也可以變成一種成績。那一刻，我不只是被警告，更被提醒——原來我，真的缺席太久了。

我不是個壞學生，只是個常常不見蹤影的學生。

我承認，剛升上國中那段時間，我真的很囂張。缺課、遲到、早退，加起來比出席次數還要多。

老師們說我像不定時炸彈，我倒覺得自己比較像雲——飄來飄去，飄進來一下又飄出去，教室對我來說，就像是一個暫時停留的地方。各位老師，對不起，讓您們傷腦筋了。沒辦法，我有時懶得像豬，除了吃和睡覺，其他的事都不想管，只想懶懶地窩著。不是我不想到校，而是有時候，我找不到一個說服自己到學校的理由。

因為有時心情好，因為有時心情不好，因為有時心情剛剛好。

心情好時，美妙的情緒像風兒到處晃盪，靈魂都不知道逛到哪去了，我魂不守舍，當然上不了課。

心情不好時，心裡像刮颱風一樣，靈魂都遇到土石流了，當然也上不了課。

心情剛剛好時，我悠閒自在的胡思亂想，上課也太浪費了我的白日夢時光。上不上課，為難了我。

其實有時候也因為天氣，有時天氣好，有時天氣不好，有時天氣剛剛好。

天氣好時，我就想要四處旅遊，想要到處走走看看，待在四四方方的教室裡，像待在牢籠裡。而且有句話說得好，讀萬卷書，不如行萬里路，實在不該浪費好天氣啊！

天氣不好時，我也跟著情緒低落，整個人活像個殭屍，無法動彈，只想躲起來不被人發現。

天氣剛剛好時，生命也是剛剛好的平衡，我只想去找尋那美好的中間值，在哪裡我不知道，但我能確定絕不會在教室裡。

不過，我仍然要道歉，我知道我應該去上學，應該準時到校，但就像蜜蜂沒看到花朵，螞蟻沒有發現糖果一樣，學校真的不吸引我。本來以為國中能混過去的，直到那張【曠課通知單】出現在我家客廳的茶几上。

我才知道，原來國中不只是義務教育，也會寄「曠課警告」來。這不是學校來陰的，而是一份認真的警告。我錯了，大錯特錯。雖然我很混，但我絕對不想連國中都沒畢業，這太丟人了，讓我以後要怎麼交女朋友？

以後，我保證會努力提升我的出席率，盡量改進那些缺課、遲到、早退的壞習慣。但我得誠實說，我無法保證百分之百準時到校。我不是那種會開空頭支票的人。自閉症的我，有時真的做不到違背自己內心的聲音。不是因為青春期搞叛逆，而是因為我真的需要更久時間才能適應一件事、相信一個制度，或者——只是走進一間教室。

但我可以保證一件事：我一定會比一年級時表現得更好。

看在咱們已經相處一年的交情上，各位老師，大人有人量，請接受我的道歉吧！

最起碼，我是真的有誠意的。

（我爸名字的諧音就是「誠意」，這點我不騙人。）

——請原諒我，好嗎？

還有一件事我得坦白：這篇悔過書裡，我偷用了韓劇裡的一段話，改成我自己的意思。瞧！我連陪我媽看韓劇都能學點東西，會舉一反三、觸類旁通，這也算是一種「生活應用力」吧？證明我不笨，你們就別太擔心我的功課，有需要時，我會好好發揮，我有能力，只是能力發揮的時機……不一定剛剛好。

因為考試時，不一定心情好、心情不好，也不一定——心情剛剛好。

PS…：「因為天氣，有時天氣好，有時天氣不好，有時天氣剛剛好。」——是韓劇《鬼怪：孤單又燦爛的神》男主角的經典台詞。

充電列車

沒缺席過的十年，也沒涼快過的十年。

高雄市自閉症協進會暑期充電列車開始報名囉～～

親愛的家長好：

暑假就快到了，為讓孩子在暑假中維持規律的生活作息，本會持續辦理充電列車夏令營活動，讓孩子們透過操作性訓練及戶外活動，提升生活自理與生活技能，另亦可透過活動融入社區生活，拓展人際與社交技能。本活動依孩子年級分班，並以生活教育、技能才藝、體適能運動、休閒購物等訓練為主，跳脫制式教學模式，讓孩子們擁有一個快樂的暑假，帶著愉悅的心情迎接新學期，有興趣，趕快來報名！

根據以上公告，相信大家都很清楚充電列車是個什麼名堂，說穿了，那就是——家長放風、孩子充電的雙贏大作戰。

說得實際點，就是放暑假時，在你家孩子還沒把家裡天花板掀起來之前，趕快送上這班列車，讓他們有事做、有朋友陪、有導師管、有冷氣吹。

對家長來說，這是喘口氣的機會，對我們特殊兒呢？

這班充電列車，不追速度，不強求標準，只希望孩子們能在這趟旅程裡，裝進一點點能力、一點點信心，還有很多很多的快樂。

說起來，這台列車我媽可是年年買票，年年準時把我送上車。

那是我十個暑假的汗水、笑聲、崩潰與突破的回憶。

從小學一年級到國中畢業，夏天對我來說不只是放假，而是一次次坐上「充電列車」的旅程，讓我長大，也讓我相信——我真的能長大。

雖然，這台列車，真的很熱！

（我媽大概覺得，有冷氣就夠了。可是我常常一邊流汗一邊想著——夏令營裡那台冷氣真的有開嗎？）

王子們，公主們

從前從前，有一群王子與公主……

國中畢業那天，班上的每一位同學，都是珍貴的王子與公主。老師和家長們用盡力氣，讓這場畢業像一場盛典，當天空氣球飛舞、掌聲響起時，我們像是真的被加冕了一樣。只是畢業典禮之後，我們沒有城堡，也沒有侍從。

有人去了高職綜合職能科繼續升學，有人去了特殊教育學校安置，託台灣教育制度之賜，暫時沒有王子或公主只能待在家裡。

那些曾經為我們舉辦盛典的大人們——老師、家長、志工、社工、治療師——他們像護衛隊一樣，用盡全部的力氣讓每一個畢業生平安走出城堡。

只是離開學校之後，那些保護漸漸鬆手，有人接得住，有人跌了跤。

王子們與公主們開始自己學著買便當、搭公車、學著記得帶鑰匙出門，甚至，有時候會不小心搞丟自己。當我們變回了普通人，才發現——不是每個人都能留下來當童話裡的角色。

我不知道以後我們會變成什麼樣子。

也許沒有王國，沒有皇冠，沒有故事書裡的Happy Ending。

但如果人生是場旅程，那我希望我們每一位王子和公主，都還能找到屬於自己的國度、自己的語言、自己的走法。

即使慢一點，也沒關係。

第四部分

我終於走進了成功的門裡？

成功的學校

我選讀的高中，是一間成功的學校，因為校名就叫做「高雄市立成功特殊教育學校」。

直接一步到位地走向成功的懷抱，更別提這所學校就蓋在成功路旁——所以，成功一點都不難到達，對吧！

只是當我終於走進「成功」兩字裡時，赫然發現，它長得跟我以為的完全不一樣。

雖然學生證上印著「成功」兩個大字，這裡的學生卻各個都像是達爾文「物競天擇」論下的失敗者。「身心障礙」這明晃晃的標籤，像佛祖爺爺的五指山，牢牢地封印住我們。

我們這群「成功牌」學生，有的要用輔具走路，有的寫字會把整張桌子都塗花，有的說話斷斷續續，像一台訊號不穩的收音機，在每個句子裡不定期的卡住。

但別誤會，我們不是來當神仙的，學校裡沒有修行、沒有經書，有的只是每天早上準點的交通車，和永遠不夠熱的營養午餐。

「成功」這兩個字，寫在學生證上，看起來就像一場玩笑。

但那年我還是選擇了這所學校，走進了那扇印著「成功」兩字的大門。門後沒有紅地毯，也沒有歡迎儀式，只有一張張坐不住的椅子，和很多不知該從哪裡開始的日子。

在這裡，成功的標準很不一樣。

有人用了一整年，才終於能自己上廁所。

有人鼓起全部的勇氣，才在課堂上舉手說出第一句話。

這裡的成功不會上新聞，更沒有頒獎典禮，但我們都知道那是用了多少力氣撐出來的結果。

在這裡，我們每個人都成功了一點點，只是成功的樣子，和你們不一樣。

所以啊，如果你問我，在這間「成功的學校」到底學會了什麼？

我大概會說：我學會了看見那些不被定義的成功。

看見一個跌倒很多次的同學，終於自己站起來；看見一個總是沉默的同學，對你輕聲說了一句「早安」。

如果這也算成功，那我想，我見過很多了。

有些人的成功，可以印在獎狀上。

有些人的成功，只要爸媽知道就夠了。

成功的學校教會我一件事：你不能只靠眼睛去看誰「成功」，你得用點力氣，才能明白每個人走的那條成功路，長什麼樣子。

這裡不是童話裡的成功王國，但我想，這裡，是我走向自己的第一步。

謝謝妳，讓我遇見妳

在國中畢業之前，媽媽陪著我去參觀高中。那是未來三年我要停留的地方。

對我來說，那不是什麼新鮮的冒險，而是一場小心翼翼的選擇——我要在這裡渡過很多天，很多個中午、很多個早晨、很多個不能預測的時候。

我不確定自己會不會習慣，會不會喜歡，會不會又像以前那樣，躲在角落靜靜地等時間過去。

然後，我遇見了妳。

妳從教室裡走出來，戴著眼鏡，笑容溫柔，眼神裡卻有一點堅定。沒有熱情的寒暄，也沒有刻意親近，只是像經過一棵正在開花的小樹那樣，輕輕地停了一下，說了一句：「嗨，歡迎你來看看。」

我們聊起了歷史電視劇——這是我沒想過的開場方式。

妳說妳喜歡歷史，喜歡聽故事，喜歡那些舊時代裡試著活出自己樣子的人。

我點點頭，突然覺得有點安心，心裡某個原本緊緊縮著的地方，慢慢鬆開了一點。我不知道妳當時有沒有在意，但我一直記得那句話。妳那句「歡迎來看看」，對當時的我來說，比整間學校的介紹還重要。

也許，我也是一個故事。也許，這裡有人願意聽。

那天回家的路上，我跟媽媽說：「這裡好像可以。」

我會這樣說，大概就是因為遇見了妳。

謝謝妳，讓我遇見妳。

打菜工讀生？

參觀完高中，我和媽媽正準備離開，剛好碰上了午餐時間。

簡易的餐桌台就擺在學校穿堂，熱氣在空氣裡升起，菜香混著陽光。

我站在一旁觀察，有個綁著馬尾的女孩正在打菜，動作俐落，沒戴名牌，也不像老師那樣拘謹。

我挺好奇的：「這所高中竟然還有工讀生負責打菜喔？」

我猶豫了一下，還是問了聲：「午餐好不好吃？」

她抬起頭，笑了笑：「好吃啊。」

我信了。甚至有點感動。

一個能對學生說營養午餐「好吃」的大人，感覺是值得信任的。

結果我後來才發現，她是位老師。

而那天的營養午餐是：炒得有點焦的高麗菜、過熟的熱狗、一匙演得有點用力的黃色咖哩，還有永遠微涼的白米飯。

我不確定那句「好吃」代表什麼層級的修養或精神狀態，但我知道，如果這間學校的老師，連這種午餐都能說好吃——那他們大概能接受任何一個，像我一樣，對生活有點挑嘴的學生。

迴轉道

成功特殊學校裡有一道迴轉道，從一樓盤旋直通五樓。

它的設置是為了坐輪椅的學生——畢竟電梯容量有限，很容易在上下課時出現輪椅塞車的盛況。

有了迴轉道，學生就多了一條可以自由上下樓的路。

整個高中生涯，我陪著坐輪椅的同學走了無數次蜿蜒的迴轉道，但是，我從來沒有成功將任何一台輪椅拿捏在手上。我想，大概是我心裡的黑色小心思悄悄地從眼裏洩漏出來，沒有一位老師敢將推輪椅的重責大任交給我，因為我其實超想讓坐輪椅的同學體會一場競速的快感，迎風、加速、俯衝、甩尾，最好還能飄移一圈再帥氣停下。只是很可惜，直到我高中三年畢業，我都沒逮到能夠實行的機會，只能把那個想法留在腦袋飄移。

後來我想，其實輪椅和迴轉道本身，就已經是一種速度了。

它們不是用來飆車的，但它們每天都在載著一群人——

慢慢地、穩穩地，爬過每一個轉彎。

不論是身體不能奔跑的人，還是腦子裡總在想太多的我，我們都在這條不那麼筆直的路——

一圈一圈地，往上走。

立正，向後轉

我高中的時候很常遲到，也不太喜歡去上早上的課。有時候是真的起不來，有時候只是覺得太多雜音，不想面對人群，但在學校的紀錄上，我就是——常遲到、偶爾曠課、名列警告標準前茅的邊緣人。

然後我遇到了一個老師。

他不是會飆罵的那種老師，而是會「碎念」。認真那種。像《大話西遊》裡的唐三藏，講話語速穩定、語氣平和，內容卻是無限延伸。一開啟說教模式，就像被放進一個燉湯鍋裡，悶得你出神，燉得你無聲。

我遲到的時候，他不會叫我去罰站，也不會叫家長。

他只是把我留住，然後開始講。

從「你這樣未來會後悔」講到「人生要有規律」，再講到「你這樣走路是沒節奏的」——我曾經被他念了整整一節課，沒高低起伏，也沒停頓，我站在那裡，身體已經在教室，靈魂卻還在床上打哈欠。

我後來養成了一種條件反射。

不是早起，也不是守時——那太難了。

是只要在走廊遠遠看到他，我就會自動立正，向後轉。

真的，動作非常流暢，從意識到腳步不超過三秒。

不是因為害怕，是因為我知道，一旦對上眼，接下來的十分鐘，我就會進入一種靈魂脫水模式。

後來我才知道，有些話不是要你當下聽懂的，是要你在繞了一圈又一圈之後，某天停下來，忽然懂了。

懂的是，那些碎念其實不是為了修理誰，而是他不想看我們一個個像迷路的陀螺，轉著轉著，就轉丟了方向。

他只是很努力地，用他那鍋永遠燉不爛的話，想留住我們每一個還沒走遠的背影。

另類教學法

活著，在光裡緩緩行走，然後，帶著那一點微光，繼續閃亮。

我高中班導師教導我的方式，很另類。不是傳統教育法定義裡的教法，更像在陪我走一段路。

她從未要我趕上別人的步伐，而是陪著我，用我聽得懂的速度，慢慢繞過生活的彎路。她說她不懂所有的特教專業，但她想用「試著理解」這件事來教我點什麼。

我們會在校園裡散步，沒有特定目的，只是邊走邊聊。有時候我們會繞到校園後方，那裡有一棵大大的樹，陽光從枝葉間灑下來，斑駁的影子落在地上。我們站在樹蔭下，她問我今天心情怎麼樣，有時候我回答，有時候我不說話，她也不勉強。

還記得有一次放學後，媽媽臨時有事來得晚了些，她陪著我等。

我們走到學校外頭的人行道上，我踩在紅磚鋪成的地面上，抬頭是霓虹燈反射在商店櫥窗的光。

街邊的車聲、人群、路燈的光與冷空氣一起湧來，我不太習慣那種擁擠與閃爍的節奏。她牽著腳踏車慢慢跟在我旁邊走，一路沒催我，也沒問太多，只是陪我走在夜色與燈光織出的城市裡，靜靜地、不趕時間地前進。那些燈光沒有停在我們身上，而是靜靜地穿過我們，像時間一樣。我們像兩株植物，不說話，卻在彼此的影子裡進行一場安靜的光合作用。

那段等待，我記得很久。

她也曾帶我去過一間咖啡店。不完全是去喝咖啡，是去「看看別人怎麼做咖啡」。

我們一起坐在吧檯前，聽著店員介紹各種咖啡的沖泡方式：手沖、義式、虹吸……器具在光線下閃著微微的反光。店裡的燈光不算明亮，但每一盞黃光打在桌上，都有一點溫暖的柔焦感。

虹吸壺開始加熱，水從下壺升到上壺，與咖啡粉接觸，再慢慢沉回下層。那一段過程像一場安靜的表演。火焰穩穩燃著，玻璃管通透，水氣在光中打著旋，氣泡一顆顆往上冒，像極了我在想事情時腦中的混亂節奏。她沒有刻意解說什麼，只是坐在我身旁，偶爾補上一句器材的名字或咖啡豆產地的簡單介紹。

我只是坐著，看著，聽著，感覺那些光線在我們中間流動。

那個畫面，我也一直記著很久很久。

我們還去過自助餐廳，吃飯只是其中一個環節，選菜，才是我需要練習的技巧。她說：「每一道菜你都可以選，選擇也是一種能力，不是每個人一開始就會的。」

她讓我自己拿菜、配飯、決定我要不要多一點豆腐，還是少一點青菜。這對很多人來說是日常，對我來說，卻需要反覆練習，選擇的權利，似乎天生老天爺就忘了給我。

我們的課，有時候發生在教室，有時候發生在餐廳、咖啡店，或樹蔭底下。

她也不是完美的老師。她情緒上來，語氣重了一點，事後卻會很認真地來跟我說：「對不起，是我沒處理好情緒，不是你的問題。」

我第一次聽到有老師，會為了自己的情緒向學生道歉。

在她的觀念裡，教學不是要學生變得「正常」，而是讓每個人都找到方法去走自己的路。她的做法很慢、也不標準，但我知道她真的有在「陪我走」。

我不太記得我們學了多少課本內容，但我記得我們一起經過的大樹、咖啡壺的光、街道上閃爍的霓虹、餐盤裡的選擇，和那些靜靜的對話。

她從沒要我變成什麼樣的人，只是一直讓我明白：「我也是個可以的人。」

有些教學，不會出現在課表上，也不會列在成績單裡。

但它會留在記憶裡，像一種溫和的提醒：有人曾經試著理解你，也看見了你身上微弱但真實的光。

在咖啡店，虹吸壺的玻璃閃著透明的亮光，水氣升起又落下。

我第一次沒有低頭，沒有閃避，只是靜靜看著那團光。

那一刻，我突然覺得——也許我身上，也有那樣的一點光。

串門子

那些沒有校車、卻有風和點心的午後

我不是那種下課就飛奔回家的學生。不是因為特別熱愛學校，而是因為——我沒搭校車。

媽媽需要完成工作後才能來接我，班導師就讓我先「跟著她」。所以每天放學後，我就變成她的臨時小助手、貼身實習生，還有一點點像是校園觀察員。

偶爾，我們會在學校裡「串門子」。可不只是走走看看，而是實打實地出現在各科室之間。教具室、學務處、輔導室、甚至校長室都去過。老師送公文，我跟著；老師倒垃圾，我陪著拎包垃圾袋；有時要歸還教具，我也能充當小跟班兼苦力，雖然搬不多，但誠意很滿。

最重要的是：我知道校長室冰箱裡有好喝的飲料。

當然我沒告訴其他同學，但說實話，那台冰箱存在感太強，每次經過我都忍不住偷瞄，默默期待：「今天校長會不會請我喝一罐冰的？」

校長室裡那張沙發也很厲害，寬寬長長，一看就知道很好睡——每次在教室打瞌睡時，我腦中都會自動想像我躺在那裡的畫面。

還有某位老師，據說她的拿手點心是十八摺的小籠包。我從沒吃過，也沒看她真的做過。但這件事情一直存在我腦海裡。每次經過她辦公桌，鼻子就會自動開啟搜尋模式，彷彿下一秒就能聞到熱騰騰的香氣飄出來。可惜，直到畢業都沒吃到。

那顆沒入口的小籠包，就這麼包在我心裡，成了一種溫柔的遺憾。不過我有吃到她親手做的鳳梨酥。酥皮不會太厚，內餡也剛剛好甜，雖然只是小小的一顆，但一口咬下去的時候，嗯……也許，有些小遺憾，是可以被另一種甜剛好地彌補一點點的。

有時候我也跟班導師一起去開會，坐在會議桌角落當個安靜的小盆栽。老師們一本正經地討論公事，我則在心裡默默統計誰的口頭禪最多，順便觀察哪位老師悄悄滑手機、哪位老師其實在放空點頭。

有時還能分到老師們的下午茶：餅乾、水果、熱茶以及一些不小心飄過來的「資訊交流」。我當然沒偷聽——只是剛好坐在音量最清晰的那個位置而已。

你問我知道什麼？我什麼都不知道喔～真的，我只是剛好經過，剛好耳朵比較靈，剛好記性比較好。畢竟，我只是個剛好等著媽媽來接的無辜學生而已啦。

學校離海邊不遠，傍晚的風帶著一點甜甜鹹鹹的味道。

我常坐在走廊柱子旁，看影子拉長，看老師們提著包包一個個離開，而我還沒走。

那不是孤單，是一種被放在光裡的延長時間。

我想，那段時光是我高中三年裡最輕盈、最甜的記憶。

別人下課後奔向校車，而我在老師身邊，學著怎麼倒垃圾、怎麼跑流程，也學著怎麼讓一段等待，變成某種獨有的「串門日常」。

那是我與學校之間最溫柔的默契。

也許這份小幸福，只有我參加過。

謝謝光臨，明天見！

不是每個孩子都能「明天見」。

我念的是特教學校。

不像電影裡的下課鈴一響，全班哄堂大笑、往操場奔去。我們班有坐輪椅的、要人牽著的、走得慢的，還有像我一樣——不太擅長說話，也不太擅長告別的人。

放學鐘聲響起的那一刻，教室像是被鬆開的氣球，空氣裡飄著鬧騰的聲音與掀起椅子的聲響。大家會被分批帶到校門口，搭上各自的校車。

我不搭校車。

我等媽媽。她常常塞在路上、卡在工作和照顧我的空檔裡。那段等待的時間，有時長，有時短。久了我也習慣站在校門口，和老師一起目送一台台車離開。

有時候，我會想，老師在目送其他人時，是不是也回頭偷偷看著我。

她會不會，也對著我，默默說過一句——「謝謝你今天有來，明天也請繼續來。」當然，我沒問，我只是站在她旁邊，很乖很乖地站著。

（然後，偷偷餘光瞄她有沒有偷看我。）

有些孩子上車時會回頭揮手，有些只是坐好，默默望著車窗外揮手道別的老師們。老師會笑著說：「謝謝光臨，明天見！」

我以前以為那只是句招呼語，就像超商店員的口頭禪一樣。

但待得久了，我發現——不是每個孩子，都真的能「明天見」。

「明天見」，不是那麼理所當然。

有人今天還在，明天就請假了；有些請假變成長假，有些長假再也沒有回來。

不是他們不喜歡學校，不是他們不乖，也不是他們懶惰。

他們只是，在上學的路上，走得比別人難一些。

不是每個孩子，隔天都會來上課。

有個同學的爸爸脾氣很差，動不動就砸東西揍人。

有個同學的媽媽長期酗酒，他的早餐常常是昨天剩下的便當。

有個同學因為身體不好，每週都要進醫院，來學校的天數，一隻手數得出來。

還有同學不是「回家」，而是回到機構、回到寄養家庭，回到一個要開門還要先報名字的地方。

有個同學再也沒回來了，就像下課後被時間誤點的旅客，沒有再搭上同一班車。

老師們說：「明天見。」

但有些同學的眼神，像是聽到了一個美好的承諾，而不是一個確定的事實。

他們點點頭，不一定知道「明天」在哪裡。

他們笑一笑，不一定有辦法真的來「見」。

有時候，老師們也會對著空著的座位說一句：「他今天又沒來。」

語氣輕輕的，像怕吵醒什麼東西；也像不敢問太多，只能接受。

不是不關心，是太了解那種「無能為力」的感覺。

老師們什麼都教：認字、算數、社交技巧、情緒表達。但沒辦法教這些同學的爸媽不要發脾氣，沒辦法讓他們家有飯吃、有電燈、有安全的晚上。

老師們只是希望——至少白天，他們在這裡是被看見的，是安全的，是快樂的。

有時候放學前，我會幫忙站在教室門口，看著一個個同學揮手離開，像在商店門口送客。

我和老師們會像開玩笑地對他們說：「謝謝光臨，明天見！」

但我知道——我們其實是很認真地在祝福。

希望你今天有被好好對待。

希望你今夜有場好夢。

希望你明天還能順利回來。

希望我們的日常，不會有人缺席——

依然吵吵鬧鬧，依然有人向我們揮手說：「謝謝光臨。」

真的。希望我們，明天都能見。

特別收錄

光的回望——來自班導的回應

高雄市成功特殊學校林珮宇老師

凱不搭校車，他等媽媽。

那段等待的時間，有時長，有時短。久了凱也習慣站在校門口，和我一起目送一台台車離開。

常常，我會想，凱在目送其他人時，是不是也用餘光瞄著我。

他會不會，也想對著我，用力地說：「我希望妳會打字，我有很多話想說。」當然，我沒法問，我只是站在他旁邊，帶著很多很多盼望站著。

（然後，偷偷餘光瞄他有沒有在看我。）

我很期盼凱到校上課，這樣我就能和他打字，讀懂他的想法，詢問他的意見，我好奇他的回應、好奇他的觀點、好奇他的世界——好奇這個年輕人。

在學校裡，我是老師，肩負著調整凱生活行為的責任；
當溝通時，我像孩子，滿懷著探究凱思考迴路的渴望。
因為誤會，我曾經懊悔；
因為了解，我懂得體會；
因為回饋，我感到欣慰。
回首曾經光合作用的過去，滿滿的感懷；
眺望繼續綻放光芒的未來，深深的期待。

旁聽生

那扇門，我真的推開過一次。

那一年，我不是大學生。

但我坐進了大學教室——一週一次，每週跨過高屏大橋，像在偷渡一場未來的預演，變身屏東大學特殊教育學系的「旁聽生」。

沒有學籍、沒有成績、沒有學生證刷不進圖書館的那種。

但我有教授親自點頭同意、有課表、有講義，還有一點點膽子，和很多很多「我想知道大學長什麼樣」的執念。

我本來以為，旁聽生的SOP大概是：坐邊邊、不吭聲、靜靜走、不留聲。

結果沒想到這群教授跟學生們一點都不照「劇本走」。

他們沒有用「你是特教生」的眼神審視我，也沒給我「你來體驗就好」的寬容包裝。他們當我是真的學生——可以討論、可以舉手、可以被問倒、甚至可以交作業

（是的，我居然還有作業）。

有時還要參加分組討論，一起報告，甚至還有模擬教學。最誇張的是，還安排我一起去機構實習。

我那時候心裡想：「欸欸欸，我是來旁聽的耶，怎麼越聽越正式？」

但老實說，我也不太想當個邊邊角角的透明人。讓我參與，我就真的參與；讓我交作業，我就認真寫作業。

畢竟這可是特教系，專門研究怎麼教我這種特教生的地方。我本人都來了，還能不努力一點？怎麼也不能給特教生漏氣。

而且我寫的教案，說實話不是用「模擬」的，是用「記憶」寫的。

每一課都是我曾被教導過的回憶——怎麼學會轉頭對聲音有反應、怎麼在圖卡上指「我不要」、怎麼乖乖排隊洗手、怎麼把書包拉鍊拉上，還有怎麼在搞不定我的大人面前，裝成自己聽得懂。

這些課堂情境，當年我是那頭被引導的孩子，現在，我從開端慢慢用文字寫下來。不是為了交差，更不是照著教材抄，我是在翻回我曾經一課一課，用身體記下來的那些記憶。

我覺得我表現不差啦。

畢竟，那些教案可是我人生親身測試過、還帶著情緒回憶的實作成果。

每次交出去心裡都想：「欸嘿，這可是我本人親身體驗版本，保證絕無浮誇。」

不過，我也有不敢說出口的部分。

我其實蠻羨慕那些天天來上課的大學生。

可以上完整的課、和同學一起報告、一起吃飯、一起考試（嗯……也許考試可以省略）。

而我的旁聽，就像是一張限時通行證，只能偷看一格名為大學的漫畫書。

不是封面、不是內頁，也不是番外篇，就那一格，剛好翻開、剛好對到眼。

雖然只有一點點，但我每次翻到那一格，都會想停久一點，看清楚一點，因為我不確定——我能不能真的擁有整本漫畫書。

也正是這樣的一點點靠近，讓我開始想——是不是，我也可以，再靠近一點？是不是哪一天，我也能不只坐在最後一排，而是帶著學號、帶著身分、帶著報告和學分，真的走進這個我曾經偷偷愛上的地方。

那段「不是大學生卻像大學生」的日子，讓我第一次不是用幻想，而是用行動，在想像未來。

是的，我也想當一名大學生。

雖然我知道，特教生要走進大學有多困難。對我而言，那不是一條寫好流程、填好志願就能踏上的道路。

但在屏東大學的那些午後，我曾真真切切地坐在大學教室裡——上課。

那不是夢，是一扇被我輕輕推開過的門。

我相信，下一次當我再見到那扇門，我不會只是偷偷站在門口不敢敲門。

特別收錄

屏東大學旁聽感言

首先，我要謝謝你們讓我來體驗一下大學生涯。

雖然這對你們來說是如此理所當然的日常，但對我而言，卻是非常特別的一次經驗，因為，在現在的台灣，上大學，對我卻是爬喜馬拉雅山的挑戰。天時、地利、人和，缺一不可。我是個重度自閉症的孩子，我的人生，注定無法理所當然。

想像一下，你有個被水泥禁錮的身體，跑跳追逐、嬉笑打鬧、吃喝玩樂，那是你們習以為常的生活，但對於某些的我們，就算是吃飯喝水這麼簡單的事，卻可能要經歷數以萬次的努力。但這麼多次的努力也許只能做到自己喝水不打翻茶杯、自己走路不跌倒，這麼一點點成績而已。這些事情，卻都是你們稀鬆平常的行為，所以，我很羨慕你們，羨慕你們有那麼多的稀鬆平常、羨慕你們能有那麼多的理所當然。

你們是未來的老師，選擇當一個特教老師是一件很笨的事情。因為你們以後的學生可能連吃飯都不能自理，可能連上廁所都要協助擦屁股，可能連安靜的坐在椅子上十分鐘都辦不到。但請你們記得，不是我們不願意，只是暫時或者永遠都辦不到。我並不期待你們能教會特教學生多少的學問知識、多少的技術功夫，只希望你們試著理解我們的無可奈何，試著明白我們的身不由己。也許教書是你們未來的一份工作，但卻是我們的一段人生。

所以，我要拜託你們相信，每一個被禁錮的身體裡，其實都是一個個渴望被瞭解的靈魂，只要我們彼此能找到溝通的橋樑，我們正在等待一雙穩定的手、一抹溫暖的笑容、一對信任的眼眸、陪伴我們一起奮鬥這一段注定風風雨雨的人生。

哥哥姐姐們，謝謝你們現在的努力，因為你們努力學習的成果，不僅是你們的未來，也是我們特教學生未來的助力。

謝謝你們，大家加油。

文薈獎

那天，是我的主場。

那時只是老師告訴我，文化部有個徵文活動，有獎金，然後——我就投稿了。

我寫的文章叫「我笑著，我在呢！！！」，是我用一根手指，一個注音一個注音慢慢敲出來的十八年人生：出生沒哭、得過癌症、活成重度自閉症，說不出話、寫不了字，甚至連「我在」這件事，也沒辦法好好讓別人理解。

那篇文章的開頭是這樣的：「出生的時候，聽說我沒馬上哭……」

不是文學技巧，是人生現實紀錄片。

我常想，活著到底算什麼？

是呼吸，還是……被叫出名字？

後來通知來了。

我得獎了，高中組散文第一名。文化部頒的，真的不是開玩笑的那種。

我其實沒有太激動，只是靜靜地笑了一下——心裡想的倒是：「哇，該不會是這次參加人比較少吧？」（其實，確定有獎金拿這件事更讓我激動。）

我媽陪我去領獎。她坐在會場的另一頭，從頭到尾沒說什麼，但我知道她的手一直沒放鬆過，指尖緊緊握著衣角，像握著我們走到今天這一步的全部努力。

我本來以為，我會像以前一樣，被晾在會場的邊緣。沒人注意，沒人聽得懂我寫了什麼。

但沒有。

男主持人站在舞台中央，聚光燈打在他身上，他開始讀我的文章。

他讀得很穩，聲音不急不緩，低沉、溫和，像一杯剛好溫度的熱茶，讓人不知不覺就想聽下去。

我從沒想過，會有人唸完我寫的每一個字。

不是掃過一眼、不是翻翻開頭就跳下一頁，而是完整地、專注地、像在讀一個值得傾聽的靈魂。

那一刻，我才第一次相信：原來，我寫的，是可以被聽見的。

他讀到「我笑著，我在呢」那句時，停了一秒。

那一秒，會場安靜得像沒開麥克風，靜到我覺得連自己身體裡的血液流動聲都能聽得見。

我坐在台下，有點羨慕他那樣的聲音，也羨慕他可以把我寫的字，一字一句唸出來，清楚、有力，像替我發聲。

那一瞬間，我甚至有一點點希望——如果我的聲音也是那樣的話，是不是很多事情，也能更容易一點？

我媽轉過頭來看我，眼睛紅紅的。她沒有說什麼，但我知道，她懂。

她陪我走過十八年，而我，只是寫了一篇我活著的證明。就這樣而已，卻花了十八年。

因為別人寫一篇文章，可能只花三小時；我寫這一篇文章，需要十八年。

——因為我得先活過十八年，才能寫出「我在」。

雖然我沒辦法像其他人一樣上台致詞，我也沒在台上拿麥克風說謝謝，但我心裡知道，這場典禮，是我用一根手指、一個字一個字打出來換來的。

這一次，我不是觀眾，不是背景，不是「特殊需求者」，不是被介紹為「某某某學校的孩子」……

這次，聚光燈真的打在我身上。

那天在舞台上，我沒說話（我也沒辦法說），但我用一整篇文章，大聲地說了一句：「我在呢！」

電視劇《山河令》裡有一句台詞，我非常喜歡：

「活著，給太陽曬著，還有個人的名字給我這麼叫著，真的挺好。」

我想，我寫〈我笑著，我在呢！！！〉的時候，心裡其實就是這種感覺。

活著，不只是呼吸。

是有人看見你，有人唸出你的名字，有人聽見你親手寫下的聲音。

是你站在舞台上，不再是臨時演員，不再只是道具背景，更不再只是被照顧的角色。

是你站在自己的名字裡，發光。

那天，是我人生第一個「主場」。

我沒說話，但我被聽見。

我沒有哭，但我被理解。

我笑著，站在那裡，心裡默念：「我在呢。」

是我，真的站在我的主場了。

特別收錄

我笑著，我在呢！！！

出生的時候，聽說我沒馬上哭……

不知道為什麼我沒立刻放聲大哭，或許是剛來這個世界報到，還沒搞懂我是誰？我怎麼在這？我怎麼來的？也許還是個小BABY的我依然是懵著的……。只是連哭都比別的娃娃慢半拍的我，難不成是因為長到十八歲……都還沒完成跟老天爺打卡刷到存在感的儀式，所以才會到現在連話都還說不俐落？

當然不是。

因為我是個重度自閉症患者，俗稱的身心障礙人士，還擁有中華民國官方認證的殘障手冊，無法正常說話，無法執筆書寫，無法肆意地行走於天地之間。口不能言，手不能寫，我的想法更是不能與他人說清楚道明白，被忽略被誤解皆是家常便飯，最最難以忍受的是一雙雙他人包含憐憫的眼神，因為，我從不認為自己有障礙，我只是與眾不同。我的文章，是以一指神功在電腦鍵盤上找到注音符號，一個字音一個字音慢慢打出來的。雖然辛苦，雖然速度緩慢，這卻是我唯一能對世界發聲的管道，我很珍惜。

當我還是個連路都走不好的小娃娃時，惡性腫瘤找上門，跟我玩起了躲貓貓，開刀、化療、抽血、打針、嘔吐、吃藥……沒完沒了的，這個鬼如影隨形，無論我躲在哪裡都逃不掉，那時，我才兩歲。在應該天真無邪傻樂搗蛋的年紀裡，我卻只剩下哭。小小孩的我，根本不懂為什麼自己要經歷這些惡夢。我哭了，媽媽跟著掉淚，爸爸就算是假裝堅強，估計也是晚上躲在被子裡偷偷擦著眼淚吧？對一個小小孩來說，眼淚怎麼就成了生活必需品？媽媽曾說過，有很長一段時間，她已經不知道「幸福」二字怎麼寫了，因為眼淚把「幸福」遮住了。

聽起來似乎有點悲慘吧？我一出生就拿了個爛劇本，根據達爾文前輩提到的物競天擇理論，被淘汰的優先人選裡，我呼聲極高，在我的生命裡，沒有生來平等這回事。優勝劣敗，適者生存，為了不被淘汰，為了努力站穩在這個世界上，「擦乾眼淚」，是我邁出的第一個腳步。聽說過一句很棒的話：「老天以痛吻我，我卻報之以歌。」既然老天爺一開始沒給我好臉色，不怕，那我就來給老天爺裝個濾鏡美顏。劣勢，誰都會有，面對人生低谷，我有勇氣往上爬，效仿喇嘛的轉經輪，轉啊轉，轉，轉化我的劣勢；老天沒許我的公平，我就自己爭取，會吵的孩子有糖吃，雖然是歪理，但吵著吵著，說不定真能有塊蜜糖從天上掉下來呢！電影《侏儸紀公園》裡不也有句經典台詞：「生命會找到自己的出口。」門打不開就換著爬窗，再不行，撬開門鎖，把門砸了，只要嘗試了，總會找到出路的。

只是我試著試著才發現，努力竟然不會擁有絕對的投資回報，原來有志者事竟成，其實也不是金科玉律！生理的侷限，是任憑我如何努力也無法跨越的馬里亞納海溝。猛然發現，人生有很多努力，像極了愛情，兩情相悅固然美妙，失戀分手卻也司空見慣。傷心難過之後，擦擦眼淚，打扮打扮，也許，下一個會更好。所以囉，開不了口說話，我就試著練習寫字，寫字再不行，還有手語、圖卡這一招。再不濟，二十一世紀科技如此進步，終究找到了與我完美的配對的戀人——「打字溝通」。雖然整個過程跌跌撞撞，歷經了多次相親與戀愛失敗（意指我學習與外界溝通的種種嘗試），如今的我，也能開始享受著與「打字溝通」戀愛成功的甜甜蜜蜜。

如果問我，這場戀愛成功的秘訣是什麼，我只能告訴你兩個字——「勇氣」。努力雖然無法改變我還是位自閉症者的事實，卻能縮短我與別人的差距。享受努力的過程，那就足矣，真正的勇者是能夠正視結局，然後繼續優雅地走下去，至於別人如何對待，那是他們的課題。我領悟到一個真相：「沒辦法一開始就是個完美的人，也做不到完美的自己，那就接受不完美的我，對我而言，這就是勇氣。」所以，我曾挑戰單獨坐在離地五層樓高的吊椅上，而且還是雙腳懸空、搖搖晃晃的驚險旅程，克服了我對高度的恐懼；我還曾揹起行囊，挑戰冰島異地環島自助旅行，勇敢接觸許多陌生的景象與不同的風土人文；我也曾站在講台前，運用打字溝通板，一個字一個字地向陌生大眾做專題報告，擺脫了面對人群時，我容易心生自卑感的噩夢；我更曾為自閉症者協進會拍攝微電影，冀望更多人明白：即使是個自閉症孩子，未來仍有無限可能。在努力的過程中，我知道一個道理：勇者不是無懼，而是仍敢在恐懼的陰霾中繼續大步前進。

當我的生命能夠由我做主，管他的物競天擇，適者生存。愛自己的所有，無論完美或不完美，擁抱努力過後的自己，那就能擁有幸福。幸福不需要購買，因為祂是買不到的商品；幸福沒有價格，或許重金難求，或許唾手可得。其實，幸福是可以免費的，只是免費的幸福卻往往被忽略。**口渴時，一杯白開水就能是人間至味，如此的簡單，如此的容易，得到幸福，真的一點都不難！**

偷偷告訴你，我還發現幸福其實是個愛湊熱鬧的小可愛。祂啊！喜歡物以類聚，熱愛呼朋引伴。從擦掉眼淚開始，從找到一點點小確幸開始，從學會綻放笑容開始，只要開始了，幸福是會從各種不同角度向你飛奔而來的。當你對幫助過你的人表達感激時，心中所感受到的暖意；當你聽著風徐徐襲過樹葉的聲音，仰望藍天白雲的萬千風采，所感受到的美好；當你享受著閱讀的樂趣，聆聽美妙的樂音，所感受到的喜悅，當你為自己和他人的成就喝采時，當你對未來還有希望時，當你開始綻放笑容時，幸福就在你我身旁。

還有還有，幸福其實不等於快樂。偶爾，我還是會因為遇到挫折而傷心落淚，那時的我不快樂，但我仍是一個幸福的小帥哥，因為我擁有能忘記不快樂的魔法，因為我擁有能擦乾淚水再次笑容滿面的機會，因為我還能笑著，因為我還能繼續挑戰這世間種種磨難考驗，還能大聲地說：「我在呢！」因為勇敢綻放笑容而降臨的幸福，才是努力過後最完美的回報。我的幸福：吃著、喝著、被風吹著、被太陽曬著、被親人愛著、然後笑著……。

「沒有通往幸福的路徑，因為幸福本身就是一條路。」而我在這路上走著，加油，給歷經辛苦磨練而繼續笑著的我，給仍願意勇敢笑著接受老天考驗的你，給願意伴我們同行的每一張笑臉。致我、致你、致大家，來吧！一起走著，一起笑著，一起都在呢！

被迫放假

新冠疫情一爆，學校比誰都先躺平。老師還沒咳兩聲，教育部已經先開口說「停課不停學」。一瞬間，全台學生被塞進線上課程的螢幕裡，變成格子裡的小頭像。我的屏東大學特教系旁聽課改成線上教學。

我點進課程網站，畫面一卡一頓，老師說話像隔著塑膠袋：「各、各、各位同學……」

我想說，哇，這樣也算上課？真是為難我們，也為難老師了。

全國各高中、國中、國小也都改成線上上課。

理論上，全台灣都是「正常教學不中斷」。

但「正常」這兩個字，本來就不是為我們這群特教生發明的。

對普通班來說可能只是轉個平台，對特教班來說，就是一身武藝打掉重練。

要一個特教生盯著螢幕上完整節課，根本就是mission impossible。

學生們本來就專注力差、語言反應慢，還要坐定看著一個不會發糖果的螢幕，聽一個可能還忘了開麥的老師講課──講得順就算了，講不順，同學們的注意力就像泡泡，啵啵啵地~~破掉。

更何況──不是每個學生家裡都有電腦、有網路、有耳機、有一個安靜角落能「好好上課」。

單親的、隔代教養的、外配家庭的，家家不是難念的經就是空虛的錢包。

說這是「停課不停學」，但其實，有些人從來就沒「停」，也沒「學」──因為他們從頭就沒站在起跑線上。

但老實說，我當時心裡還是有點小小地開心。

這種「被迫放假」，可是天上掉下來的好事啊！

我當時還天真地想：這種「被迫放假」，可不可以多來幾次？

畢竟哪個學生不想放假？

只是，那個時候，我還不知道──

有些缺席，是再也回不來的。

那是後來的事了。

追劇 ing

最佳防疫政策：追劇

新冠疫情期間，世界被迫按下暫停鍵。

政府的停班停課令，持續了一週又一週，沒有人知道什麼時候能恢復正常。但我們家有自己的防疫政策：追劇。疫情封住了我家大門，也封不住遙控器的點擊聲和停不下來的下一集。

沒辦法，悶在家裡實在是會內傷，總得給眼睛一點事做、給嘴巴一點運動的機會，也順便給我們一個暫時不去擔憂外面世界的理由。

於是我們的客廳秒變劇院：三個人、一張沙發、一堆零食，還有一隻白色小博美狗。

一開始只有媽媽一個人開始追劇。

她把之前想看卻沒時間看的劇，一部一部慢慢打開。

她坐在沙發的正中央，按著遙控器，眼睛沒有離開過畫面，電視聲量也開得剛剛好，剛好，剛好掩蓋了所有的不安和不確定。搶不到遙控器的我和爸爸，後來不知道從哪一集開始，也沒聲沒息地在旁邊坐下來。

爸爸一開始說他只看一下下，結果他看得比我們還專心。

我們家的白色小博美窩在沙發角落呼呼大睡，偶爾還留點口水。她唯一的任務，大概就是陪我們一起浪費時間。

就這樣，全家一起卡在同一齣劇裡。

沒有劇本，沒有設定，

只有剛好都在家、剛好電視有聲音、剛好我們誰也沒出門。

《雖然是精神病但沒關係》，這齣韓劇我超推薦。

我特別注意演自閉症哥哥的那位演員。

我默默豎起大拇指，心想：「這人懂。」

他不是在「演」自閉症，而是在「活出」那個角色的呼吸節奏、眼神速度，還有那種世界永遠慢半拍的孤獨感。

我甚至懷疑，他是不是真的跟我一樣。

因為我在他身上，看見了那些我自己說不出來的感覺。

還有《愛的迫降》、《來自星星的你》、《延禧攻略》、《知否知否應是綠肥紅瘦》、《山河令》、《想見你》……順道一提，那首想見你OST真是紅到街頭巷尾，不用出門都能知道。

我一邊看一邊想：如果人生也能像這些劇一樣，一鍵快轉、直接跳過痛苦就好了。

畢竟現實沒有快轉鍵。

我們那段時間，是全家一起坐在沙發上，不說太多話，但一起笑、一起驚訝、一起罵反派。我們一起演完那場名為「二〇二一年全家困在一起」的實境劇，也一起熬過了那段誰都不確定明天會怎樣的日子。

雖然劇情很狗血，生活也很狗血。但至少，我們都在一起。

我不是沒想過疫情何時會結束，只是那陣子，我更想知道——

《愛的迫降》下一集，女主角到底能不能順利回到南韓。

缺席的畢業典禮

缺席的告別

我參加了我的畢業典禮。

缺席的不是我。

一張確診單，把她隔在道別的畫面之外。

她不是故意缺席的，我知道。

但我還是有點難過——不是生氣那種難過，是一種「怎麼會這樣」的失落。

從高二開始，我就在準備這場典禮的影片。

每天慢慢敲字，幫每段畫面想一句對白，我想像著那個結尾的畫面，也告訴自己不要做得太浮誇。我一直認為，應該要好好說一聲再見。

我原本想像，那應該會是一場熱鬧的典禮。

人很多、聲音很滿、老師坐在後排，學生則依照狀況坐在各自適合的位置。有人坐輪椅、有人的椅子靠後一點，旁邊還有陪同的家長們。不整齊，也不安靜，吵吵鬧鬧像我們平常一樣。

一場有祝福、有再見、有一點點眼眶紅的收尾——也許還能和老師拍一張不尷尬的合照。結果呢？來的畢業生連十個都不到，班導師沒來，很多同學也沒有來，椅子空著。

我製作的畢業影片還是播放了。

螢幕上的字，一個一個滑過去。一張張曾經朝夕相處的臉，我沒機會揮手說再見。那是我寫的文案，我記得每句落點，這些句子本來是寫給熟悉的人看的。但他們沒來，畫面變安靜了，字也跟著沒了聲音。有一瞬間，我甚至懷疑是不是放錯版本，因為現場安靜得有點過分。

那不是什麼「出了差錯的大事」，只是某種你計算過、彩排過的片段，突然跳拍。

然後你也只能，順著拍子繼續下去。

我還是有上台、領獎、合照。

但那張畢業合照，是我站在前排、身邊空了好幾格的畫面。

說是「缺席」，其實比較像「沒對齊」。

那天應該有一句道謝與一聲再見。

結果那天什麼都沒說出口。

不是來不及，是對方不在。

我也不是特別想把這件事記得一輩子，但那個沒說出口的「謝謝」，那張不夠完整的合照，還有那段我從高二就開始寫的文案，會自己黏在腦子某個地方，不吵不鬧，只是不會離開。

有些缺席，不是空著，而是留著。

留到你不小心翻到那張照片的時候，才發現——原來那個畫面，還沒拍完。

那段故事，也沒有說完。

嫁老師

原來長大後，我們都在目送某個人前往幸福

誰的學生時代沒有幾位年輕貌美的單身女老師呢？老師結婚這種事本來就不稀奇，但能收到婚宴邀請的學生，應該不多吧？

偏偏我就是那種奇葩，我超級愛參加老師的婚禮。一來是因為菜色好吃，二來則是出於一種……純粹的八卦精神。畢竟，能把平常在教室裡恰北北、眼神能殺人的老師馴服成溫柔婉約、嬌羞可人的小女人，這男人得是什麼神級的存在啊？我不看看怎麼行！

但說真的，每次看著她們穿上白紗，挽著另一個人的手走進會場，我心裡總會浮出一點奇怪的感覺——有點開心、有點驚訝，也有一點點……難以言喻的失落。

我一直覺得，學生對老師的情感，是一種很奇妙的羈絆。不是戀愛，也不單是尊敬，而是一種混合了景仰、依賴、八卦、和一點點佔有欲的複雜情緒。

尤其是當那位老師長得漂亮、講話帶風、罵人還有氣勢的時候……你就會自動把她列入「人生不能錯過的角色之一」。

然後，你會下意識以為，她會永遠站在講台上，像是一種不會動搖的恆常。

但人生總是會有轉彎的那一天。

婚宴的最高潮，就是新郎新娘進場的那一刻。燈光一暗、音樂一響，我那位平時素著臉、只會板著臉嚴格要求我的老師，居然穿著白紗、踩著高跟鞋、還帶著笑意——不，是帶著少女才有的那種靦腆。在精心打扮下，恍若是仙女下凡般的令人驚艷。

嗚嗚，我怎麼沒有發現原來身邊藏著個大美人，我的眼睛是都沒帶出門嗎？

還好，通常婚宴上的豪華菜色都能撫慰我這種小小的情感衝擊。五福拼盤、佛跳牆、紅蟳米糕，還有一尾永遠被蒸得剛剛好的石斑魚，一道接一道上來，我邊吃邊偷瞄主桌——那個坐在我老師身邊的男人，看起來斯文、笑容溫和，不是什麼天菜型的帥哥，但那種穩穩的氣場，讓人忍不住想說一句：嗯……好像也挺配的啦。

只是每次在婚禮進行的時候，我總還是會有那麼一點私心的情緒浮上來——

這傢伙，憑什麼娶走我那貌美如花的女老師？

她明明是我們的啊！

婚禮最後放起成長影片，我看著她從大學時的青澀模樣，一路走到現在。眼角多了幾道皺紋，是時間留下的痕跡，但嘴角的笑，比以前更柔和了。那一刻我突然有點懂了——老師不是變了，而是有人看見她的強悍，也願意擁抱她的溫柔。

老師結婚的那一天，不只是她的人生邁入下一階段，某種程度上，也是我們這些學生，和那段青春道別的時候。那段被老師追著、喊著、牽著的青春，好像也在那一刻，輕輕畫下句點。

紅布條

我沒有天生發光，但我很會拉布條

可能很難讓人相信，我對紅布條有種莫名奇妙的執著。

不是那種印得漂漂亮亮掛在舞台上的氣勢紅布條，也不是婚喪喜慶用來報喜報喪的那種，而是——學校門口那種「恭賀本校學生榮獲〇〇比賽〇〇名次」的紅布條。

我人生的第一條紅布條，是學校為了祝賀我得「文薈獎」掛上去的。

我用一根手指慢慢敲字寫出的〈我笑著，我在呢！！！〉，居然拿下文化部全國高中組散文冠軍。對，你沒看錯，冠軍。冠軍耶！這種消息不拿來張貼，難道要藏在日記本裡讓後代考古嗎？於是，校門口出現了紅布條，上面寫著我的大名＋得獎消息。

之後還有《國語日報》、《聯合報》、警廣電台等媒體採訪，讓我短暫體驗了一種

「被看見」的感覺。（白話文就是有點小小知名度啦！）

不誇張，真的有紅布條，紅通通地在校門口飄啊飄，上面還大大地印著我的名字。那感覺，像是我用一根手指，把名字敲進了那面圍牆，也敲出了圍牆外的世界。

紅布條不會發光，但它努力地在風中招搖，把我「有在這裡活著」這件事，高調地宣傳出去。

第二條紅布條，是因為我考上大學了。

我成為學校「史上少數考上大學的特教生」，成功校史如果要列個「稀有動物榜」，我一定榜上有名。沒關係，我可以當那種罕見又會寫字的神獸，最好還有附上一枚保育標章。

這兩條布條，都掛在我們學校的正門外圍牆。

位置選得剛剛好，保證所有上下學經過的學生和家長都能看見。

而最讓我滿意的是——它們剛好正對著中鋼大樓停車場出入口。

我相信，在那棟玻璃帷幕的建築裡，我一定是個知名人物。

不是因為我做了什麼驚天動地的大事，而是因為——他們每天上下班，都會看到我的名字飄在空中。

至於第三條……我還在努力中。

我的小小野心，就是再拚一條紅布條。也許是為了下一場比賽、下一篇讓人注意的作品，或是哪個我還不知道的「不小心又發光」的瞬間。

別人收集徽章、拼圖、公仔，而我收集——紅布條。這不是虛榮心，而是我需要他們替我說出那些我沒能用嘴巴說出來的話：「我在這裡，我真的在。」

不需要麥克風，只要一面牆、兩根柱子、一條紅布條，就夠了。

紅底白字、四個角拉直、掛在圍牆最顯眼的位置，那就是我人生公開的「存在證明書」。

我沒有天生發光，但我很會拉布條。

畢竟，人生總要自己找個方法，讓世界知道——我在這裡，我真的來過。

組團

千萬不要誤會，這不是組團購物，也不是揪旅行團出去玩。

這是當我確定能上大學就讀之後，逼著高中老師和校長們對我下的承諾——要「組團」參加我四年後的大學畢業典禮。

校長當時笑著說：「到時候我們一定組一團『成功特教學校師長團』，要訂遊覽車一起去看你穿學士服！」

那句話聽起來像玩笑，但我當真了。因為我知道，我要撐到畢業，光靠自己是不夠的。所以我故意講得浮誇一點，讓這個承諾聽起來像張車票——我說出口了，就得撐著走完全程。

但是校長退休了，也移民了，我不知道他是否還記得這個約定，但我沒有打算退票。我還在這裡，努力兌現對自己的承諾，對老師的承諾——男子漢大丈夫，說話算話。

對我來說，那些願意被我「組團」的老師，不只是老師。

他們是我高中的主力戰將，是我站上大學起跑線時的見證人，是我未來每一場困難戰役裡，會喊我名字、替我加油的啦啦隊。

我很怕辜負他們，也很怕辜負自己。

所以我把這份承諾當成某種「預付訂金」：我現在說了出口，就得想辦法努力做到。這樣哪天我想放棄的時候，至少會想起——我不是一個人上場的。

我還有一群被我拖進「保固契約」裡的老師們，等著看我努力到最後。我沒辦法輕易放棄，因為那張畢業邀請卡，我已經答應寄給他們。

這不是組團旅遊，但它可能是我人生中，最真心、最值得的「組團行動」。

而我，正努力在這條路上，不脫隊、不落單，也在心裡偷偷期待——那日他們坐在台下，笑著對我比個讚的畫面。

所以我會繼續努力到真的可以寄出畢業邀請卡的那日。

到時候，不管老師們是坐遊覽車來、搭高鐵來，還是乾脆開直播參加，我都想站在那個台上，指著台下大聲說一句：「你們看吧，我說話，算話！」

第五部分

大學我來了

叫我大學生

叫我大學生——聽起來很威風吧？

我現在就是了，這不是玩笑，是真的。

我真的走進了長榮大學，開始了我的大一新鮮人生涯。雖然我還搞不太清楚哪邊是東邊、食堂長什麼樣，甚至不太確定大學生到底該怎麼走路——要邊走邊滑手機？還是要提著咖啡假裝有事要處理？我搞不懂，但我還是走進來了。

我試著挺起胸膛，像樣一點，別太像剛拆封的新生。

但每踏進一棟大樓、每看到一個不認得的教室編號，我心裡就小小爆炸一次。外表努力裝熟，內心其實全程斷線。

而這次，不只是換了校園。這是我第一次真正踏進正規教育系統的教室，第一次和一群「普通生」一起上課。

以前，我一直待在特教體系裡，班上最多十來個人，老師會依每個學生的狀況調整講話速度、布置作業。現在，我坐在一間能容納七八十人的大教室裡，左右全是陌生人。沒人知道我是誰，也沒人在意我是不是跟得上進度。

我是自閉症患者。對我來說，光是跨進這所學校的門，就像完成了一場攀登喜馬拉雅山的任務。

在高中時，我曾以為，只要考上大學，就會突然變得成熟、找到方向。我以為只要成功踏進校園，往後的人生就能豁然開朗，不再像無頭蒼蠅似地亂撞。

結果呢？現在的我依然在陌生的校園裡摸索教室的位置，依然搞不清楚自己該往哪裡走。原來「升上大學」只是換了一種更高級的迷路方式。

教授的一句「下課」把我拉回現實，第一堂課竟然就這麼結束了。我慢吞吞地收起桌上的文具，長長吐了一口氣。身分的確不一樣了，我得開始學著習慣。

走出教室前，我忍不住回頭望了一眼自己剛才坐的位子，那裡彷彿還坐著一位「大學生」。

我知道我現在是大學生了。

只是有時我懷疑，那個被叫做「大學生」的人，是不是只是我演出來的樣子？

我站在舞台中央，台詞還沒背熟，燈光就打了過來。
如果這就是成長的一部分——
那我還不太確定，台上的那個人，是不是我。

售後服務

我很開心地進了大學。

第一個學期遇到的難關就是——選課。

更驚悚的是，大學必修裡竟然有「英文課」。

天啊，除了幼稚園那位黑人老師，我這輩子從沒上過一堂完整的英文課。

我一直都待在特教系統裡，所有的英文知識全靠自學撐起來。我翻到已經解體的一本圖文並茂中英百科圖鑑，那是我英文能力的基礎來源。

所以英文單字我認得不少。但是，當它們合體出現時，我是字字都認識，句句不明白。雖然我已經高中畢業了，但距離「出廠」還沒半年，應該還能申請——售後服務吧？

我申請了售後服務，但被我高中的輔導老師駁回了。

她語氣平穩地說：「你已經高中畢業了，沒問題的。」

這句話的語意大概等同於——請離開櫃檯，下一位。

沒有售後服務的情況下，我只能靠自己內建的系統——也就是我那本圖文百科圖鑑裡留下的單字資料庫。

沒有文法，沒有句型，只有「辨識單字」這項功能。在一次又一次的考試中，盲解選項、比對關鍵字、推測題意，然後，我大學英文all Pass啦！不過還是要感謝老師的高抬貴手，讓我沒保固也沒掛在半路上。

但是，我小小的腦袋瓜裡其實還是有一點點疑問：「文法」究竟是種學習語言的工具，還是一種信仰？

因為後來我出國，自助旅行，搭飛機、過海關、找住宿、問路、買東西，全靠英文單字走天下。當時也沒什麼空管現在式還是過去式，重點是能溝通、能活下來就好。有時我會懷疑，是我太幸運，還是那套語言教學系統剛好漏教了我唯一學得會、用得上的那一種？所以我到現在還是有點不確定，到底是我誤會了語言的本質，還是這個語言的學習系統搞錯了什麼。

Anyway——反正我all pass啦！

帶媽上學的大學生

先聲明，我絕對不是媽寶。只是因為一些先天的身體條件限制，讓我一個人單獨出門，很有可能會釀成重大社會事件。所以，當我申請大學入學時，系主任提出了建議：是否能安排專人陪同，協助我適應課業與團體、人際間的學習，以避免產生不必要的誤會與風險。

於是，我媽就這麼華麗麗地，成了我的陪讀書僮。

剛開始大家都以為她是新來的某位老師，所到之處，還有人主動讓座、打招呼，下意識地把背脊挺直，大概以為是哪位來旁聽的教育部長官。

後來才發現——她是我媽。是那種會跟我一起上課的「真・媽媽」。

有些同學會投來好奇的眼神，我知道那不是惡意，是一種不解的困惑。畢竟，大學生上課還自帶母親的案例，大概不會出現在一般的校園風景裡。

一開始我也有點尷尬，畢竟這社會對「獨立」兩個字的定義，從來都不太管你的條件適不適用。但很快地我發現，那些眼神只會出現在前幾週，之後大家就習慣了。畢竟在大學裡，什麼樣的組合都可能出現，而我只是其中一種罕見但穩定的配置而已。

我們很快地也找到彼此在教室裡的默契。她不干涉、不插話，只靜靜地坐著，幫我整理上課的筆記，像個安靜的機器人陪伴裝置。除了上廁所的時候要一起行動，其他時候，她幾乎是隱形的。

但我知道她一直都在。這種「一直都在」，不是情感用語，是事實陳述。她的存在讓我可以如常上學，不會出事，也不會上新聞。

只是，這樣的「陪讀生活」對她來說，也不算輕鬆。白天陪我上課，晚上還要回去趕她的工作進度，白天黑夜換來換去，像個練成滿級分身術的媽媽忍者。

我們一人背書包，一人背責任，配合得還挺默契。

說到底，上了大學之後，我們一起聽課、一起筆記、一起考試，

如果真的要算帳的話——

只繳一份學費，卻可以兩個人上課，這CP值怎麼算都划算啦！

同學，我們很不熟

我沒入住大學宿舍，等於一開學就自動關閉了八十％的交朋友機會。剩下的那二十％，我自己也不太會運用。

我沒有什麼口語表達能力。不是不想說，而是說不出來。對話在我這邊常常是條單向箭頭，更像是按了發送鍵卻沒有訊號的手機。

我和同學的互動，大多建立在功能需求上。應老師要求，他們在需要分組或交作業時，會被分配和我同組，偶爾透過我媽來轉達訊息。因為我沒有口語表達能力，上課時身邊還坐著一位安靜但存在感不低的媽媽，大部分人對我既陌生又小心，通常只停留在點頭打招呼的程度。

他們不是故意疏遠我，只是「不知道怎麼靠近」。我也無法主動靠近他們，於是，雙方很快就默契地維持一種距離：有事會處理，沒事就安靜共存。

這樣的狀態下，很難有什麼自然發展的熟悉感。久而久之，我和大家——就真的不大熟。

我不太習慣擠進熱絡的人群，但也不排斥有人偶爾記得我還在。

有時我會想，如果有一種不靠語言的友情格式，也許我會比較擅長。

第一次考試

大一的第一次期中考，是我人生意義上第一次真正的考試。

在特教體系裡，「考試」是一個幾乎不存在的詞彙。評量是有的，但方式彈性，重點從來不在標準答案，而是學生能不能用自己的方式理解世界。所以我從來沒有坐在一間教室裡，和一群人同步寫同一份考卷、對著同一套題目作答，然後被一條分數線切進某種結果裡。

普通教育裡的考試對我來說，是一種新鮮的恐怖經驗。不是因為我不想考，而是我不知道怎麼「被考」。

學校其實很體貼，有提供對身心障礙學生的考試協助：我有獨立考場，不用跟大家一起被壓在同一間教室的沈默裡窒息；我有延長考試時間，因為處理題目的速度對我來說比別人慢一些；考題也有報讀服務，讓我能透過不同的感官路徑去理解問題。

這一切都讓我感到——很被照顧，也有點難以置信。竟然，特教生能夠在這樣的制度下，好好地參加一場考試，不需要硬撐，也不需要假裝。

我不需要像以前那樣，用「看起來正常」去換取一次參與的機會。這次，我用我自己的方式，被允許以自己的速度、自己的節奏、自己的理解能力，完成一份屬於我的答卷。

對我來說，這已經夠了。

感恩！高抬貴手

我其實不喜歡這個題目，特別是這六個字。

「感恩！高抬貴手」——聽起來像是寫給對手的投降書，這不是我的風格。

「感恩」這個詞本身，也讓人有壓力。像是一種被指定要寫的情緒作業，結尾還得附上一句「謝謝你讓我學會了成長」，不然就不夠誠意。

可是，撇開那些格式化的說法，我還是想記下某些感想；有些事情，更是值得我說一聲「謝謝」的。那就是——在大學裡，我遇到了一些願意調整標準、改變方法的老師。

這些調整不是「幫忙」，也不是「照顧」，而是讓我能用自己的方式完成學習的可能性。

我沒有口語表達能力，做報告不能上台發表；我寫作的速度慢、形式也不太一樣，有些作業如果照原本的規定與格式來繳交，我可能一題都寫不出來。

但老師們沒有把我當成trouble。他們只是微調了一下規則，允許我用文字、用圖表、用提前準備好的資料，完成一樣的學習目標。

這不是「破例」，只是把我這個例子也算進去。

所以，如果一定要說感謝，我感謝的是這些老師的彈性。

他們沒有為我改變整個世界，但他們留了一條路，讓我可以走進來，不會被拒絕在門外。

雖然作業還是很難寫……

大學食堂

長榮大學的食堂在我入學前剛翻新，走的是ＩＫＥＡ風——淺木色、簡約吊燈、開放式空間，整體看起來像是一個撕去價格標籤的家具展示區。

中午一到，全校學生彷彿只有一個目的地，一窩蜂地湧入食堂吃飯。排隊人潮從櫃檯一路延伸到大門口，視覺上總讓我有種「進食前先過海關」的儀式感。

在長榮大學裡吃飯，常常不是在「用餐」，而是在「長榮大學裡大排長龍」。

（玩玩諧音梗，開開學校的玩笑。）

我吃過幾所大學的食堂，風格各異。

東京大學本鄉校區的學生餐廳走的是「效率與美味共存」：空間寬敞、動線分明，菜色選擇多到像在逛百貨超市，而且——真的好吃得讓人懷疑人生。池袋的立教大學則像是另一個平行時空。整個食堂彷彿哈利波特的大學食堂再現，空間神祕靜謐，設計帶點歐風，木製長桌、彩繪玻璃、挑高天花板，就算只是吃一份炸雞定食，也像是參加一場小型皇家午宴。就連筷子不小心掉在桌上，都會有點不好意思。

相較之下，長榮大學的食堂雖然雖然少了日系大學那種儀式感與空間美學，但有一種別的東西：喧鬧而真實的日常感。

人擠人、碗碰碗、聲音嘈雜，每個人都像是用身體和胃爭取一份日常的補給。我不常擠進那樣的隊伍，我怕擠，也不愛排隊。但我超喜歡觀察午餐時光的學堂風貌。

那是一種我無法融入，但能理解的場景。

像打開一扇門看見別人的日常：有點吵、有點擠、有點黏膩，雖然不屬於我，卻也是種溫熱的真實。

大學生症候群

一場從深夜開始的清醒練習

古人有云：「一日之計在於晨。」

但根據市場調查，大學生普遍信仰的是「越夜越美麗。」早睡早起，當然是好習慣，只是我們實踐的方式有點不太一樣：早上一點還沒睡，早上自然爬不起來。

我就是那種不小心參與這場信仰革命的人。

不是不想睡，而是夜太安靜，太舒服，太適合思考了。白天的聲音太多、光太亮、事情太亂，只有夜晚的低噪與冷色調，讓我才能像魚一樣潛入腦海裡，自在地遨遊。

白天的大腦是散場的菜市場，到了夜裡，才會變成安靜的圖書館。靈感總愛挑凌晨報到，只要一坐下來寫稿，時間立刻變成黑洞，把我整個人吞噬進去。

早上，媽媽在外面一邊喊我一邊煮早餐，我躺在床上，耳朵聽著、身體卻依然在與周公下棋，她喊了幾輪，我絲毫回應也沒有，只是把棉被抓緊了點，蒙著頭，自動屏蔽所有叫早的聲音，那……都是背景噪音。

直到最後老媽火氣上來，等她衝進房間、手伸向棉被那一刻，我的求生欲才開始發揮作用。

我立刻翻身，用最快的速度衝進浴室洗臉刷牙，搶在老媽爆炸的邊緣按下停止鍵。

只是我心中總會忍不住浮現一份醫師診斷書：

──「患有重度大學生症候群，症狀包含：日夜顛倒、對早餐無感、對鬧鐘免疫。」

我知道早八是現實人生的試煉，也是每個大學生的共同必修課。

但有些靈魂，天生就不屬於那種太陽才剛升起、精神就該飽滿的世界。我們的清醒，是靠夜色浸泡出來的。

每天醒來都像是穿越時區，這不是懶，這是──「大學生時間感錯亂日記」：醒著的時候在想做夢，睡著的時候在想人生。

誰說一日之計一定得在晨？

對我來說，一日之計，在於那個能讓我安心放空、自由創作、不用講話的夜。晨光不是開始，夜晚才是啟動鍵。靈感在夜裡點燈，我也在夜裡，慢慢找回我自己。

如果哪天你早上找不到清醒的我，請別著急，我大概率是還沒「開機」。等等，就上線囉！

報告山

別人上台報告，我交的是書面報告。

不是特別堅持什麼形式，是因為我沒辦法說。

沒有口語能力，沒辦法像大家那樣在台上講三分鐘就結束。

所以很多作業，老師會說，沒關係，你用寫的。

結果就變成——什麼都得寫。

小組報告，寫；心得報告，寫；文學分析，寫。個人報告，再寫。課後心得、閱讀摘要、專題分析，通通寫。

整個大學彷彿在默默對我說：「不能說話沒關係，但你得會寫『話』。」

我寫的報告越堆越高，我總有股錯覺，大學畢業時，我寫的報告會不會比我還高。這已經不只是報告，那是一座山，一座報告山。

交作業的日子像節氣一樣固定輪替。

春分做份通識報告，芒種來篇文學分析，小滿時還要交上一篇實作心得。我每天都在爬一座又一座的「報告山」，不是爬文，是直接爬「文」，**是在跟一座座「文章山」對峙**。每寫完一篇，就像攻下一個高地——沒有掌聲，只有新的任務。

但比起寫什麼，「怎麼寫」才是真正的難。

我有閱讀障礙，畫面太複雜、文字排得太密，我看起來就像看一團打結的線，看得見，但理不出順序。打字輸入速度也不快，常常是一個字一個字慢慢敲出來。都得用特製的APP軟體，先把想講的話一段段輸入，再請我媽幫我當人肉鍵盤，照著我打的內容重新整理、排版、上架。

我媽就這樣默默成了我的報告協力工。她原本只會一些簡單的文書處理，為了幫我交報告，硬是升級成了我「報告山」的後勤支援部隊。從協助打字到排版、轉檔、分類、上傳，流程越來越熟，動作也越來越快。有時候連我還沒開口，她就知道下一步要幫我處理什麼。我們的寫作現場，不太像在交作業，比較像一場靜靜進行的長期任務，兩個人，分工合作。

我不是很喜歡寫報告，真的。

但我沒得選。

報告一份一份被交出去，有時候連我自己也搞不清楚我寫了什麼。

只是時間到了，該交，就交；該寫，就寫。

我只是用文字，把我想解釋的、想分析的、想表達的，全寫進去。

有時候句子怪一點，格式亂一點，速度慢一點，沒事，教授能看懂就行。

聲音走不了的地方，就讓文字幫幫忙。不就爬點山嘛！

不多說了，「報告山」，我來囉！

異種對決：星星兒ＰＫ大學生

前言

這是一場比賽。一場人生NPC角逐賽。

地球人代表：大學生。

外星人代表：星星兒。

到底誰才是主角，誰才是真贏家。就讓我們慢慢看下去……

第一回合：走路方式

大學生：低頭滑手機，眼神死當，分分鐘都能在街頭上演《絕命終結站》。

星星兒：進入自我宇宙，眼神徹底斷線。

一個不看現實，一個不在現實。

第一回合，勝負像他們的視線一樣——對不到焦。

第二回合：聽力接收

大學生：有聽到，但懶得回，既不回應也不儲存。

星星兒：聽力靠腦波解碼，頻率不合直接當成垃圾訊號屏蔽。

一個裝聾作啞，一個內建防火牆。

第二回合，對話從沒連上線，全程靜音播送。

第三回合：時間觀念

大學生：「快到了」代表鬧鈴還在哀嚎，延後響鈴努力工作中。

星星兒：「我隨時都能到了」等於瞬間移動超能力發揮，卻忘了地球有時區。

一個誤點，一個誤時空。

第三回合，兩個人都錯過了現場，時間哭了但沒人聽見。

第四回合：飲食習慣

大學生：全天炸雞、薯條、漢堡輪流轉。胃在吶喊，靈魂已放棄求救。

星星兒：永遠只吃固定的食物，別問為什麼，因為自己也不知道。

一個胃在呼救，一個固定到自我封印。

第四回合，吃到壞掉vs吃到無感，這局無法決勝負，平手。

第五回合：社交技能

大學生：聚會滑手機，對話全靠貼圖續命。

星星兒：獨自碎念，交流全靠腦波投射。

一個不想開口，一個根本不開口。

第五回合，再度平手。

第六回合：拖延能力

大學生：報告前一晚急救，靠咖啡蠻牛當續命。

星星兒：任務延後三光年，時空管理者已放棄治療。

一個拖到極限，一個直接放棄時空。

第六回合，保持平手。

旁白ＯＳ：我們的主持人目前已經放棄記分，只剩下精神支撐比賽繼續。

第七回合：壓力處理

大學生：壓力一來先裝死，能不動就不動。

星星兒：壓力感應過載，自動斷電重啟，開機還要更新。

一個軟體當機，一個硬體重灌。

第七回合，雙方皆進入維修狀態，比賽暫停。

第八回合：情緒表達

大學生：嘴上說「沒事啦」，臉上寫著「別問了」。

星星兒：表情一號到底，情緒風暴內建靜音模式。

一個過度演，一個不會演。

第八回合，難分軒輊。

第九回合：睡眠邏輯

大學生：嘴裡喊著要早睡，結果手機一路滑到天亮，眼神比太陽還明亮。

星星兒：不是不想睡，是根本忘了要睡，作息全靠宇宙震動頻率。

一個自願失眠，一個天然失眠。

第九回合，雙方都醒太久，還是平手。

第十回合：對人生的定義

大學生：想快轉，卻像電腦卡住，無限轉圈的讀取圈，誰也不知道什麼時候會跑完。

星星兒：已經下載完成，卻不想打開。

一個卡在讀取中，一個直接選擇不開機。

第十回合，兩個人都在等進度條跑完，然後忘了要幹嘛。

結語

這不是觀察，是照妖鏡。

星星兒沒搞懂人類，大學生也搞不懂自己。

大學生以為自己是地球的未來，星星兒壓根不知道地球在哪。

但他們唯一的共識是：「等一下再說。」

等一下是多快？

我，先睡為敬。

花旗木開的那幾天，我在

校園裡，花旗木盛開的那幾天，我在。

沒有特別的目的，只是吃完飯後的午休時間，順著小路晃一圈消化消化，風吹得不大，但剛剛好。

藍天很乾淨，像剛洗過一遍，雲一塊塊像發呆用的背景。紅磚建築一棟棟安靜地站著，陽光照下來，磚牆顯得特別溫暖——像是知道春天到了。

我慢慢走，沒有特別去找哪一棵花旗木，卻發現不知不覺，教學樓外牆已染上了一片粉紅，像極了嬌俏女子臉上的那一抹羞赧。

花開得不算熱烈，也不算安靜，就剛好——像長榮大學的風景一樣，熟悉得很舒服，漂亮得不吵鬧。

一群鴿子從圖書館屋頂飛起來，翅膀拍動時發出清脆的聲音，又落在對面教學大樓的邊緣，一排排地站著，像沒交作業也不會被點名的學生。

風從操場那邊吹過來，輕輕掃過草地，吹動花旗木的花瓣，粉紅色一片片飄下來，不急不緩地落在走道上，也落在我的肩膀上。

有人在拍照，有人在發呆，有人在研究外送平台的優惠。遠處傳來學生社團練吉他的聲音，不準，但青春就是這樣——亂七八糟，也很好聽。

我走過紅磚牆邊的小徑，頭上是花，腳下是影，手上還握著沒喝完的超商咖啡。

我沒有穿什麼特別的衣服，沒拍攝花旗木也沒有自拍，只是剛好在這裡。

沒人特別注意我，我也沒特別想被注意。

但就是這樣安靜地走著，我突然覺得：

原來，我也可以像其他人一樣，在春天裡走一圈，不是特例，也不是例外。

這一刻，我不需要什麼成就，也不需要證明什麼。

我只是——走在長榮大學的校園裡，像個普通的大學生。

我只是——在這樣的一天裡，好好存在著。

就這樣，春天沒有邀請我，我只是剛好經過。

第六部分

我與世界的距離——「裝正常」比登天還難

倖存者偏差

不是每個沒倒下的自閉者，都有力氣變成奇蹟

每次我在新聞上看到那種標題——

「從沉默到爆紅！他逆轉自閉命運，媽媽淚崩：我從沒想過。」

「全場起立鼓掌！她走出自閉陰影，一路彈進世界音樂殿堂！」

「她曾不敢開口說話，現在卻用歌聲征服國際，網友淚讚：真正的奇蹟！」

「從社交恐懼到站上奧運殿堂！他用汗水打破自閉框架，全國感動落淚！」

我就會想，欸，那是不是也該報導一下某位不知名人士：「他活著，而且昨天只崩潰了三次，創下個人本週最佳紀錄！」

這樣的故事，是不是也值得拍拍手嗎？

可惜，社會只愛那些看起來「走出來」的人，因為他們看起來像奇蹟。

但真相是：這些被讚嘆的例子，其實就是倖存者偏差。

他們不是證明「大家都能成功」，只是證明——有人剛好沒被淘汰。

現在這個時代，想要在茫茫「非典型」人海中掙扎上岸，活得像個「傳奇」，難度真的堪比攀登珠穆朗瑪峰。而那些失敗者，只能靜靜躺在山壁上，成為被遺忘的冰雕。在這個社會眼中，身心障礙者的成功，往往不是靠訓練堆出來的，而是被這個世界砸過一遍，還願意、還有能力慢慢爬起來的。

我，也不是什麼「戰勝自閉症」的人。

我只是和它同居、冷戰，偶爾還會一起吃碗泡麵。

但社會不這麼看。

他們偏好「倖存者」，偏好那些「看起來正常了」的人。

因為這樣的人可以被包裝、被掌聲圍繞、被高高舉起當成「榜樣」。

他們說：「你看，只要努力，他做得到，你們也可以！」

每次聽到這句話，我就很想拿起麥克風回應：

「他之所以可以，是因為他運氣好，生理狀況剛好撐得住，遇到的老師剛好有耐心，爸媽剛好有資源，最重要的是——他沒有在十八歲那年情緒崩潰到住院。」

而其他的人呢？那些沒被報導、沒被讚嘆的身心障礙者呢？

有些人每天被聲音折磨得像針氈，卻還是硬撐著走出家門。

有些人連便利商店都不敢進去，只因為怕跟店員對到眼。

有些人吃飯只能吃固定的三樣東西，卻還會微笑說「很好吃」。

還有些人，每天醒來只會問自己：「今天到底要做什麼？」

但我們，還是活著。

雖然活得不像傳奇，但至少活得像自己。

雖然不是報紙上的人物，但至少不是新聞裡被馬賽克處理的遺照。

表面上，我們是「活下來的人」，實際上，卻只是「倖存者偏差」的案例。

這世界只看見那些爬出深坑的人，卻忘了更多還在坑底躺平的人。

他們說：「你是成功的例子。」

但我們其實都只是統計學上的誤差、大自然的BUG——不是大多數的代表，只是剛好沒被刷掉而已。

說到底，我們都活在倖存者偏差裡。

有人把它當奇蹟，我只覺得那是玄學。

當強震來襲時，不是每個沒倒下的人都是英雄，有時只是——剛好沒被壓死而已。但社會偏偏愛這種「從陰影走向光明」的敘事，因為好包裝、好行銷、看起來充滿希望。但那不是真實的全部。

但如果你問我，這樣活著有什麼意義？

我會說：

「如果我注定只能用這顆社會的骰子丟擲出一個結果，那至少，我要學會——用它丟出自己的規則。」

就算最差只丟出一點，至少那一點，是我自己的。

至於結果怎麼樣，其實不重要。

反正這社會從來漠視沒中獎的人，只會把倖存者那撐著活下去的模樣，剪成一段感人的故事，當作高掛的勵志標語。

那是奇蹟嗎？卻沒人關心過，那個還沒倒下的我，到底還剩下多少自己？

趴趴走的母子二人組

我是自閉症患者，在媽媽的解讀裡，就是「困在自己的世界裡」——像電視劇那樣，蹲在牆角畫圈圈。

於是她做了一個重大決定：

既然我困在自己的世界，那就帶我出門，看一看這個世界。

她嘗試過各式各樣的旅行方式：自駕出遊、公車漫遊、火車跳站、參加旅行團（我媽連進香團都沒放過）……

有計畫的、不計畫的，走錯站、走錯路，最後都走成了風景。

我們就這樣變成了「趴趴走的母子二人組」。

（順帶一提，幫我爸申個冤：家裡總得有人負責賺錢，他精神上陪我們出去玩啦。）

在市場迷路，在公園聊天，在車站坐到終點站也不下車。我會觀察地磚的排列，模仿路人的走路方式，看看天空裡流動的光線與路上奔馳的速度；她則負責找到最近的廁所、最好吃的便當，和最多鴿子的地方讓我發呆。

這不是流浪，也不是苦行僧的修行，但媽媽說，我們是在一起走出一條——屬於自己的地圖。

領隊叔叔阿姨們

我參加過非常非常多次的旅行團，也遇過非常非常多位的領隊叔叔阿姨。對於他們，我實在是由衷的佩服，個個堪比名嘴，從外太空到內子宮，啥都能來上一段長篇大論。上一秒聊某演員婚變，下一秒分析立院吵架現場，講得頭頭是道、口沫橫飛，彷彿是八大新聞與娛樂百分百交叉直播。腦內的CPU隨時緊跟時事更新，永遠掌握第一手潮流話題，時事、八卦、社會新聞，彷彿沒有他們不知道的事。

更讓我佩服的是，一進入工商服務時間，他們瞬間化身為購物台的資深銷售員，氣場大開，樣樣商品被介紹的好像沒買、沒帶回家，就是天理難容的錯誤，而沒把錢袋清空，更像是十大惡行之首。口袋還在掙扎，但嘴巴已經不由自主的喊出＋1……

不過，玩笑歸玩笑，其實看得出來他們真的很辛苦。

一大早集合，忙著點名、催人集合、安排餐廳、幫忙找廁所，還要隨時隨地微笑以對。

整趟旅程他們像老媽子般無微不至：怕你冷、怕你熱、怕你餓、怕你走丟，還得調節全車氣氛，講笑話、帶團康、十八般武藝樣樣精通，全都得輪番上陣。

尤其當旅途中出現狀況時，他們總是第一個衝出來搞定一切，像一張隱形的安全防護網，是多麼可靠的存在。

而我呢，通常坐在角落，靜靜觀察這種一轉身就能和每個人打成一片，一張口就能把空氣炒熱、把距離拉近的超能力。

我挺羨慕的。

我總在旁邊默默想：如果我的社交技巧，也能像他們那樣熟練，也許，我的世界就不會這麼耗費力氣。也許我也能海內存知己、交友滿天下，再順便賣完一車鳳梨酥。可惜我連問廁所都會卡詞。

——不是我不熱情，是我天生就適合當人群裡的背景音。

沒關係，有些人擅長把空氣炒熱，而有些人學會靜靜不打擾，這也是一種本事。

旅程繼續，而我，還在學習怎麼和世界相處。

殺雞？

在我眾多參加旅行團的經驗裡，有一件事始終讓我很困惑。

遊覽車上，為什麼一定要有卡拉ＯＫ？

這項設施其實沒辦法讓全車人都「ＯＫ」，握著麥克風、唱得不亦樂乎的，永遠都是那幾位勇士。剩下的人，除了死忠鼓掌大隊（通常是深具職業素養的導遊們）外，多半選擇把目光投向窗外，或低頭默默跟唱，心裡的ＯＳ卻是：「天啊！這段轉音怎麼還沒結束？」

而這些熱衷在遊覽車上放聲高歌的人，多半對自己的歌喉有著莫名的自信。那種唱起歌來宛如高空彈跳的音準浮動、忽高忽低，甚至懷疑是在模仿原曲的惡夢版——我聽著，內心都忍不住自動播放一句老話：

「啊……這雞，是誰殺的？」

高音一起，乘客靈魂便出竅，連車窗都開始微微發抖。那一刻，可能連雞都覺得牠死得其所。

我一度懷疑，遊覽車根本是個移動式ＫＴＶ屠宰場，殺雞、殺鴨、殺耳膜。而我，只是這場荒謬儀式中的沉默見證者。

但有一次，我剛好坐在那位最常點歌的阿姨旁邊，聽到她對導遊小聲說：「平常工作壓力很大，也沒人聊天，只有這時候，才能放開唱唱歌，感覺像真的出來玩了。」

我忽然沉默了。

原來，在我以為是在「殺雞」的歌聲背後，其實藏著一段更深層的旅行——不是去風景名勝，而是去那個自己可以被聽見的地方。

那一刻，我才明白：有人坐車是看風景，有人唱歌是在走一段心裡的路。

只是每當她唱到副歌那一句——

「啊～啊～再會，期待妳我再相會～～～」

我還是會忍不住想：「嗯……這段拉高音，應該連牛都殺了。」

霸機

先聲明一下，我不是恐怖份子。

那年，我只是個剛開始探索世界的小小自閉兒，一隻對人類社會懵懵懂懂的小白鼠。

媽媽看著我蹲在角落畫圈圈，心想：這樣不行！

於是她開啟了一場浩浩蕩蕩的實驗——帶我出門「見世面」。

理論上是「讀萬卷書，行萬里路」。

但我讀不了萬卷書，只好靠萬里路來補學分。

不過嘛……

凡事的開頭，總是有點慘烈的。

比如說——「霸機」。

就是我人生第一次出遠門，第一次搭飛機，成功地在眾目睽睽之下，巴著飛機座位死活不肯下飛機，不管媽媽怎麼哄、空姐怎麼勸，通通無效。

最後，空少哥哥只好用廣播通知，請其他旅客全數下機，在一片尷尬的目光中，把整台飛機「清空」。

為了不釀成國際事件（以及保住自己未來的升遷之路），空少哥哥強顏歡笑地湊到媽媽旁邊，低聲問：

「那個……媽媽，我們可以幫忙把弟弟『搬運』一下嗎？」

是的，我的第一次「霸機」行動，就結束在空少哥哥強而有力的臂膀中。

不死心的我，在接下來好幾次搭飛機的旅程中，還試圖故技重施，想再「霸機」一次看看。

可惜嘛！小小的我PK一整組訓練有素的空少空姐，每次都是以——慘敗收場。

可能你們會好奇，到底是什麼理由，讓我一次又一次展開「霸機行動」？

其實理由很單純。

就只是因為，酷愛看風景的小小自閉兒，傻傻地以為——只要不下飛機，我就能一直看風景。

唉！當時的我實在年紀太小不懂事，扛我下飛機的空少哥哥姊姊們，歹勢啦，給你們添麻煩了！（深深一鞠躬，謹致上最誠摯的道歉——）

ご迷惑をおかけして、誠に申し訳ございませんでした。

從這裡開始的遠方

媽媽第一次帶我出國自由行的目的地，是日本。

當時的考量很單純。

在我接受化療的那段時間，因為身體狀況太脆弱，沒能施打任何疫苗，對各種傳染病幾乎沒有抵抗力；日本在普遍印象中是個乾淨又衛生的國家，飲食文化也和台灣相近，對於需要格外小心的我們來說，是最安全的選擇。

最重要的原因，卻是因為——日本有迪士尼樂園。

長期住院治療的那些年，我錯過了太多太多。

鞦韆、沙坑、操場、遊樂園……那些別人唾手可得的童年片段，對我來說，都像隔著一層玻璃。

媽媽說，她想補償我一些。

哪怕只是一點點、哪怕只是一個瞬間，只要能讓我笑得像個普通的孩子，那麼，不管飛多遠，走多遠，都值得。

不過呢，媽媽其實也沒有什麼自助旅行的經驗。

於是，在她旅行社朋友的協助規畫下，我們搭上了飛往東京的班機。

然後，勇敢（而又有點傻氣）地挑戰了東京郊區的箱根溫泉三日自由行。

感謝日本政府超級完善的旅遊動線，我和媽媽這對毫無經驗的旅遊小白，也能在異國的街道上，跌跌撞撞地，一步一步，慢慢前進。

從買車票，找到正確的月台上車，再找到我們下榻的旅館，媽媽一手拉著我，一手拖著行李箱，就這麼拉開了我們母子倆第一次真正自由旅行的序幕。

然後…………

望著接近三十度長達五百公尺遠方的旅館大門，這序幕又差點降下……

媽媽看了看我，又看了看自己的行李箱，深吸了一口氣，開始在心裡默默大吼：

——為什麼給我訂這家旅館啊？

——誰跟我說日本的路況很優良的啊？

——我為什麼會相信路人那句「走一下下就到了」？

然後……

媽媽一邊咬牙推著行李箱，一邊牽著我，開始了緩慢而艱辛的「登山行軍」。

每走幾步，就停下來喘口氣，每停下來一次，媽媽就笑著鼓勵很想發脾氣的我：「快到了快到了！」

但那道旅館大門，卻像被施了魔法一樣，怎麼走，怎麼喘，怎麼努力，都還是遠得要命。

不過沒關係，我們已經走在路上了。

（小聲地）

箱根溫泉，你給我等著。

道歉的阿婆

日本箱根是一個規畫非常完善的溫泉區，只要一張周遊券，就可以在票券有效期限內，無限制地搭乘箱根地區的六種交通工具：小田急電鐵、箱根登山電車、箱根登山纜車、箱根空中纜車、箱根海賊觀光船，還有箱根登山巴士。（我當然忘記這些內容，以上資料網路上抄來的啦！）

一張票在手，電車、纜車、巴士、船隻通通搞定，在山與湖之間穿梭移動，像是開啟了一場專屬於觀光客的小小冒險。不過對第一次自由行的我們新手母子來說，這六種交通工具加起來，還是有點像玩大型闖關遊戲。

在各式交通工具的轉圜間，不免俗地，媽媽被一間間日本的特產名物店吸引了進去。女人嘛，一旦逛起街，偶爾就會忘記身旁還帶著一個十分「手欠」的小孩。

（這句話翻成台語效果更好啦，自己腦補。）

然後，悲劇就發生了。

正當媽媽蹲在架子前猶豫要不要買一盒漂亮到捨不得吃的日式菓子時，我，出於某種難以解釋的兒童本能，在店裡最顯眼的位置——伸手摸了，某個不能摸的東西。

店中原本默默坐在櫃檯打著瞌睡的日本阿婆，瞬間像打了雞血一樣彈了起來，她眼神一瞪，快步走到我面前，用那種不算大聲、卻非常有威嚴的語氣，快速地劈哩啪啦罵了一串日文。

「だめ！（不行！）」

「あぶない！（很危險！）」

「ちゃんと！（要好好地！）」

阿婆皺著眉頭，看起來又兇又嚴肅，媽媽則在旁邊冷汗直流，一邊鞠躬，一邊瘋狂擠出破破的日文，「私立媽塞すみません！私立媽塞すみません！私立媽塞すみません！」聲音又快又急，像是撒胡椒粉一樣撒出去，把在場的空氣抖得一陣陣顫抖。我則害怕地僵直著身體，不知所措地哭了出來。

媽媽邊哄著我，也掏出在台灣先請朋友代寫的一張日文小抄，雙手奉上，戰戰兢兢地遞給阿婆看。

小抄上寫著：

「この子は自閉症のため、反応が遅れたり、思いがけない行動をとることがあります。ご理解いただけると嬉しいです。」

（這個孩子因為自閉症，有時反應會比較慢，也可能做出預料之外的行為。希望您能體諒。）

阿婆接過去，眯著眼細細地讀著，原本緊繃著的眉頭，慢慢鬆開了。

她低頭看了看手中那張紙，又抬眼看了看我，嘆了口氣，然後，蹲下身來，用溫溫的手掌，輕輕拍了拍我的肩膀。

接著，她轉身，用接近九十度的深深鞠躬，向媽媽道歉。

阿婆的轉變，讓媽媽頓時不知所措。

語言的隔閡，讓我們無法完全明白阿婆想說些什麼，但那一刻，我們只覺得，

——阿婆不生氣了。

那天，媽媽沒有在這家店裡購買任何一項商品。

但離開時，我抱著滿手的零食與玩具，開心地跟阿婆告別。

她又回到了櫃檯後，半垂著眼打瞌睡，彷彿剛才那場小小的風波，只是一陣微風吹過。

那是第一次，我們在異國他鄉，感受到那麼真實的溫柔。

迪士尼樂園

對世界上大多數孩子來說，迪士尼是夢想的天堂。

對我來說，也是。

雖然我是個自閉症孩子。

理論上，自閉兒應該不擅長擁擠、吵鬧、燈光閃爍的地方。

但實際上——

只要是迪士尼樂園，我可以忍。

而且不只是忍，還可以笑到像個脫韁的米老鼠。

但事情一開始也不是這麼簡單。

「排隊」，這是我的致命傷。

我無法忍受排隊。

排隊會讓我手心發熱、呼吸變得急促、眼前的景象變得模糊又刺痛。

每一分鐘都像小針扎在皮膚上，一秒、兩秒、三秒，痛得慢又密集。

一條看不見盡頭的人龍，擠在狹窄的欄杆裡，小孩的哭聲、大人的交談聲、機器的轟隆聲混成一片，空氣像被揉皺的塑膠袋一樣，讓人透不過氣來。

可是，我知道前方有那些會轉圈圈的馬，那些會飛的小象，還有遠遠發亮的城堡。

我不知道這裡叫什麼名字，只知道，我超級、超級、超級想要進去玩。

很神奇地，迪士尼樂園讓我接受了排隊這件事情。

雖然腳好酸。

雖然脖子都快伸成長頸鹿了。

雖然媽媽那句「快到了！快到了！快到了！」已經不知道說了幾百遍。

但當那個工作人員笑著打開鐵門，揮揮手叫我們進去時，

我一下子就把剛才所有排隊的痛苦全忘記了。

在迪士尼樂園神奇的魔法裡，我短暫地遺忘我是自閉兒的事情。

那一刻，我只是個開心的小孩。

搶劫的烏鴉

我們第一次到日本自由行的時候，媽媽就在街頭抱著我崩潰了。

沒辦法，我那時才五歲，還是一個自閉症孩子，對陌生的地方有天生的防備感。

尤其是餐廳——

太多味道，太多聲音，太多看不懂的規則。

只要媽媽一想推開餐廳的門，我就像被踩到尾巴的貓一樣死命掙扎，怎麼哄也沒用。

最後，媽媽只能在大馬路旁抱著我，一邊大口喘氣，一邊哄我。

接著，她蹲下來，把我緊緊摟在懷裡，眼淚一顆一顆掉在我的外套上。

「我只是……」媽媽一邊哽咽，一邊斷斷續續地說，「只是想吃個飯而已，為什麼要像打世界大戰……」

她哭得不像大人，就像一個迷路的小孩，緊緊抱著另一個更小的小孩。

媽媽最後還是妥協了。

她跑到超商，隨便買了兩個麵包，決定帶我去附近的公園野餐。

那個公園看起來很安靜，

有鴿子在草地上走路，有小朋友在溜滑梯上尖叫玩耍，還有暖烘烘的太陽，把地板曬得亮亮的。

媽媽拿出麵包，撕成小塊分給我。

我坐在公園長椅上，一邊啃麵包，一邊小心觀察四周，感覺這種吃法，好像也還可以接受。

我們終於能心平氣和地解決這一餐。

但意外發生了。

一隻巨大的烏鴉，像黑色閃電一樣從天而降，咻地一聲，直接叼走了我手上的麵包！然後振翅高飛，邊飛邊把麵包啄得碎屑四濺，撒了一路，像下麵包雨一樣。

我整個人傻住了，眼睜睜地看著那隻烏鴉帶著我的麵包飛走。

媽媽也愣了一秒，然後，突然爆笑出聲。

笑到眼淚都出來了。

笑到公園裡的鴿子都被她嚇得咕咕亂叫飛起來。

笑到我也忍不住跟著咯咯笑起來，儘管我其實還沒搞懂，到底是哪個部分好笑。

當天晚上，媽媽再一次問我要不要進餐廳吃飯。

這一次，我乖乖地點了點頭。

因為我終於明白了：餐廳裡，至少不會有烏鴉來搶走我的晚餐。

母子密室

日本的廁所很大。

大到我可以和媽媽一起進去，門還能順利關上。

這件事不浪漫，也不特別。

但對我們來說，很重要。

我是一個自閉症患者。每趟旅行前，媽媽總是要預演無數個「如果」：如果太吵、如果空間太小、如果她得關門，我卻不能跟進去——這些「如果」會像骨牌一樣，一倒，就倒掉我們一整天的平靜。我的情緒會像灌太滿的氣球，膨脹，然後撐破。行程也會像氣球一樣，啪一聲，全沒了。

只因為，一間小小進不去的廁所。

但日本的廁所沒有那些「如果」。

進得去、關得上、待得住。沒有刺耳的聲音，也沒有打量我的眼神。媽媽不需要把我留在門外，我可以跟著她一起進去廁所裡。

門關上了，我就安心了。

對媽媽來說，這更不只是方便。

她不用一邊上廁所，一邊焦急地猜我在門外會不會突然出事、走開、或崩潰。

她的擔心，不再被夾在門縫裡。

有時候她上廁所，我坐在一旁的折疊椅上。不用說話，只是等。等她、等聲音靜下來、等世界變得不那麼刺耳。牆是白的，門是厚的，聲音是靜的。連馬桶沖水的聲音，都像經過處理一樣溫柔。

我最喜歡的，是媽媽那句話——「沒事的，我們一起進去。」

這不是命令，也不是施捨。而是承諾——我可以不用自己面對一切，哪怕只是短短幾分鐘。

但是那句話，在其他地方很少出現過。

日本，這個國家、這間廁所、這間密室，讓這句話成立了。

有時候一個人會因為空間太小，而感覺自己也被縮小。但這裡不會。這裡的設計像是在說：「我們知道你有你自己的節奏。」

有些門關上了，是為了隔開我們。但這裡，門關上，是為了讓我們待在一起。

這是一間廁所，也是一間母子密室。不是懲罰空間，也不是隔離空間。

是我們暫時離開世界的地方，是我能被理解、媽媽能喘口氣的地方。

不是每個人都需要密室，

但有些人，真的很需要一個能好好關門的空間。

不只是身體進得去，還要讓我的情緒，也進得去。而媽媽的擔心也有地方擺放。

這就是炫耀文！

有些炫耀文，是曬名牌包。

有些炫耀文，是曬分數、曬證書、曬房子、曬車。

而我——要來曬我媽。

從我還是個對世界充滿防備的小小自閉兒開始，她就用一種近乎瘋狂的堅持，一點一點，帶我去看這個世界。

別的小孩假期去隔壁公園，我被媽媽一路「搖滾式巡演」到世界各地：

日本？當然去過！

紅葉像燒起來的山，櫻花像下粉紅色的雪，

在白茫茫的雪地裡我跌得滿頭都是雪，

聖誕燈會亮到眼睛也發亮，

連賭馬場也被媽媽牽去「見識一下」，
只是那時我根本搞不懂，為什麼大家要一直盯著馬看。

韓國？當然沒錯過！

穿著像米其林寶寶一樣胖胖的滑雪服，假裝帥氣地在冰上咕嚕咕嚕滾；
還去拍了一張正式證件照，當時覺得自己帥得像電視裡的明星。

美國？去過！

芝加哥的高樓高到看得我脖子快抽筋，
每一棟大樓都像是天上掉下來的一樣高，
我小小一個站在人行道上，像隻仰頭看雲的小烏龜。
然後，最重要的——朝聖了六十六號公路。
那條筆直延伸到看不見盡頭的公路，在我眼裡不是景點，
那是《汽車總動員》裡麥昆跑過的地方，是我童年夢想的起跑線。

加拿大？去過！

尼加拉瓜瀑布大得像天空破了一個洞，水花噴得像從天上傾倒下來的河流，一靠近就像進入了一場又濕又瘋狂的大暴風雨。

我們還搭上那艘小小的觀光船，穿著紅色雨衣，一路搖搖晃晃地開進瀑布底下。水柱打得我整個人像洗衣機裡的小襪子，一邊瘋狂尖叫，一邊狂笑。笑到嘴巴裡都灌滿了尼加拉瓜瀑布的水。

那是我第一次，真的覺得，世界可以又可怕、又超級好玩。

埃及？去過！

金字塔遠遠看像玩具積木，走近了卻像一座座山。

我興奮地開始往金字塔上爬，卻發現我只是時間的侏儒。

鑽進了法老的陵墓探頭探腦，還很認真地對著躺著的木乃伊小聲說：「嗨。」

騎著駱駝，晃晃悠悠地去拜訪貝都因人部落。

我，真的以為，世界上每個角落，都藏著一個正在等我冒險的故事。

馬來西亞？去過！

坐上五顏六色的人力車，在城市裡繞來繞去，
感覺自己像一顆在城市裡兜風的小陀螺，
轉著轉著，竟然有種自己是國王在出巡的錯覺。
一邊笑、一邊揮手，以為整座城市都是來迎接我的。
結果沒多久，我就把自己反鎖在雙子星大樓公廁裡。
正準備大哭特哭的時候，媽媽居然從隔間上面爬過來、像從天而降一樣跳下來救我。
那一刻，我真的覺得——媽媽，比超人還厲害。

泰國？去過！

第一次騎上真正的大象，坐在牠寬寬暖暖的背上，
一邊覺得好神奇，一邊又超怕牠突然打個大噴嚏把我噴飛。
然後，聽到了我人生中最低沉的嗓音。

那時候的我，小腦袋瞬間自動分類——「喔，聲音這麼低沉的，應該都是變性人吧！」（長大後才知道，這個世界上的低音炮，比我想像的多得多。）

中國？去過！

寧夏回族自治區，第一次挑戰搭單人吊椅纜車，晃晃蕩蕩飛進騰格里大沙漠。下了纜車，我一個人滑下近十層樓高的沙坡，沙子從耳朵灌到鞋子裡，我得意地笑到停不下來。那一刻，小時候背過的「大漠孤煙直，長河落日圓」，就這樣，真的活生生地出現在我眼前了。

新加坡？

在叢林都市裡亂走，第一次看到花園城市裡竟然連機場都有瀑布，我一度以為走進了什麼秘密基地。夜間動物園裡，比星星還燦爛的，是動物們眼睛裡的光。一雙雙亮晶晶的小眼睛，在黑暗中一閃一閃，像森林自己在呼吸一樣。原來夜晚不是只有黑暗，是藏了好多好多看不見的小生命，在偷偷發光。

香港、澳門？

當然要吃東西、買東西、吃東西、買東西……我一路吃到嘴巴像開了自動門，看到什麼都想咬一口。

街上都是好吃的味道，蛋塔、燒賣、鳳爪、叉燒包……

小小的我抱著大大的購物袋，走在熱鬧的街上，覺得自己像一隻剛打完獵回家的小袋鼠。

至於澳門那一排排金光閃閃的賭場呢？

我年紀太小，只能遠遠看著，站在門外想像自己是個失落的小王子，被拒絕進入大人的秘密世界。

「旅行」這兩個字，大概就是吃飽、逛累、被門擋一下，再吃一次的意思吧。

荷蘭？去過！

羊角村的小橋和運河，像童話裡的秘密通道，

我一邊走一邊想，乾脆搬來這裡住好了。

只可惜，這裡沒有7-11。

逛到紅燈區的時候，媽媽急著遮住我眼睛，我急著從手指縫偷偷看出去——空氣裡飄著一種怪怪又濕濕的味道，紅色的燈光打在櫥窗裡，那些笑得很燦爛的大姐姐們，看起來不像在對我笑，更像是在跟生命玩躲貓貓。

澳洲？去過！

看袋鼠打架，無尾熊睡覺，還在商場裡看到十二XL的牛仔褲，這是不是給恐龍穿的呢？

啤酒和牛奶居然比水還便宜，讓小小的我第一次明白——這個世界上有些地方，喝醉，可能比渴死還要容易。

冰島？去過！

在冰天雪地裡自駕環島，一路上羊比人還多，羊屁屁比我看見的人臉還要多。白天追著羊跑，晚上追著天上的光跑。

當極光突然畫開天空的那一刻，世界像被按下了靜音鍵，只剩下流動的光，和身邊靜靜陪著我的媽媽。

這些地方，不是我一個人的戰利品。是媽媽，帶著一顆又累又倔強又溫柔的心，一點一點替我打開來的世界地圖。她把原本只會在角落畫圈圈的我，硬生生地拉出來，踩進每一片不一樣的風景裡。

即使我不愛搭飛機，
即使我在陌生餐廳鬧脾氣，
即使我在草地裡哭成一灘泥，
她都陪著我，一次次翻越那些無形的高牆。

所以，這篇文章，不只是炫耀我去過多少地方。
更是炫耀——有一個這麼了不起的媽媽。

謝謝妳，帶著我這個麻煩小孩，讓我有勇氣，去把世界走成自己的後花園。
小小的我，正在用自己的腳步，一點一滴，把它走成自己的地圖。

VIP包廂？

「我們幫你們安排了一個安靜一點的位置喔～」

聽起來像是一種福利，像貼心的照顧，像被特別優待的特權。

但當你越坐越久，就會發現——那個「特別安排」的角落，離人群遠了一點，離服務人員的注意力也遠了一點，甚至，離「我們跟你是同一類人」這件事，也遠了一點。

那不是包廂，是溫柔的隔離區。

那裡通常真的比較安靜。

安靜到旁桌的談話聲傳不過來，安靜到你可能要舉手三次，才會被注意到。

安靜得像被小心翼翼放進一個「不打擾，也不被打擾」的空間。

沒人惡意，甚至每個微笑都很禮貌。

但那種安靜，不是讓人放鬆的安靜，而是「你們坐這邊就好」的安靜。

我知道我不太一樣。

我說話有時不合時宜，眼神對焦太慢，對燈光和聲音的敏感無法關掉。

但這些都不應該成為我被安置在邊角的理由。

「特別照顧」這件事，如果不是出於理解，而是來自恐懼或逃避，那就不是體貼。它只是比「排斥」更有禮貌一點的切割。

我只是，想和你們一樣，簡單地坐下來，吃一頓飯。

想試著坐坐靠窗的位置，靠近人群一點，看看四周的模樣、看看服務生穿梭的身影——看看那種「世界正在發生」的感覺。

但你們有時候還會補上一句：「這樣比較自在舒服吧？」

那句話像一把羽毛做的刀子，輕輕落下來，卻在心裡割出一道細長的傷口。

我試著相信你是為我好。

但如果真的是為我好，為什麼那句話聽起來更像是提醒：「你不適合待在人群裡」？

所謂的「舒服」，如果是從一開始就預設我不適合這個世界，那不是為了讓我好過，而是為了讓你們安心。我不需要你為我畫出一條安全的邊界。

我只希望，當我走進這個世界的時候，不會總被輕聲細語地推回去。

我不是不喜歡安靜，而是當那份安靜只屬於「被分出來的人」，它就不再是一種舒適，而是一種包裝成關懷的「請你待在這裡就好」。

這世界很擅長用柔和的語氣，遮掩真實的距離。

有些人是因為感受到吵鬧才離開，有些人則被安排被迫安靜，而我，只是想在熱鬧與寧靜之間，有選擇的權利。

別再對我說「這是為你好」。我們不熟。

無效溝通

在世人的觀念裡，我們這些自閉星星兒，大概是外星物種吧。

——長得跟地球人差不多，但說話、思考、感受的方式，卻完全不一樣。

跨星系的溝通，本來就不是一件容易的事。

他們說「好簡單啊，講就好啦！」

可對我來說，開口的每一個字，都像穿越一層又一層大氣層，還要對抗重力、干擾、翻譯錯誤。有時候，話到了喉嚨，卻像失重一樣，飄在空中，找不到著陸點。

感恩現代科技的進步，地球人找到了一種適合跨星系溝通的翻譯器——「有聲注音溝通法」。

這套方法源自國外（哪一國我不知道，自行Google啊！），原本是為了協助一些口語能力受限的孩子而發明的。

簡單來說，就是把注音符號（ㄅㄆㄇㄈ）變成一個個獨立的「發音按鍵」。

我只要用手指按出每個字的拼音，機器就會自動把它們組合起來、唸出來。

像拼積木一樣，一點一畫，把腦海裡的世界，慢慢搭建成句子。

剛開始練習這種手指敲打的節奏並不容易。

它不像一般人說話那樣一氣呵成，而是必須在每一個字、每一個聲音之間，停下來、選擇、確認，再出發。

每當我敲出一個拼音，等待機器讀出聲音時，我也常常想大吼：「能不能快一點！」

但也因為這樣，每一句話，都是用星辰拼成的訊息。

速度慢慢來，消耗的力氣大，卻也讓每一個字，都帶著更深的重量。

那些被一個個敲出來的字，比喧嘩的對話更誠實——因為它們是真心打出來的。

跨星系的溝通，本來就需要一點耐心，

也需要一點，來自於自己的溫柔。

這是屬於我的語言。

一種跨越寂靜，穿透宇宙，堅持抵達的語言。

像是在黑暗的宇宙裡，點亮一盞微弱的燈。

希望有人能看到、能讀懂，哪怕只有一次。

大多數時候，這盞燈是無效的。

訊號發送出去，被誤讀，被忽略，被輕輕擦肩而過。

但沒關係。

我還是繼續地敲。

無效又怎樣？

就像在浩瀚星海中漂流的宇宙探測器，哪怕發送出去的訊息永遠沒有回音，也依然在自己的軌道上，安靜地閃爍。

這，就是我對世界的，無效通信。

也是我和自己之間，最堅定的聯繫。

在那無聲的星際航行中，我還是會繼續，

一點一點，把自己，

打成光。

我人生中的豐功偉業

有些人用里程碑記錄人生，我用「奇蹟清單」累積成長。

麻煩又亂七八糟的人生裡，偏偏，我還是拼出了一些值得自己偷偷鼓掌的小奇蹟。（所以請容許我，稍微小臭屁一下。）

比如說，我拿過文化部文薈獎 高中組散文冠軍。

（不好意思，當時收到得獎通知時，連我媽都懷疑是不是寄錯地址了。）

接著，還被邀請去警察廣播電台接受採訪，然後被《聯合報》和《國語日報》兩家正牌媒體採訪。

（平常我一句話要敲半天，結果節目一播出，全台灣比我還快知道我說了什麼。）

後來，我還跑去樹人醫專幼保科，當了幾堂「特殊幼兒教育」的助教小老師。

結果，上課內容可能沒人記得，全班女生卻記得——課後要來跟我拍照打卡。

（那天我才發現，原來成為被包圍的對象，腎上腺素也可以飆很高。）

除此之外，我還突破舒適圈，勇闖屏東大學特殊教育系旁聽課程。

坐在角落，靜靜地把每一堂課當成一場星際探索——

從理解自己，到試著理解別人。

而在生活之外，我跟媽媽，也真的「走過世界各地」：

從醫院走到博物館，從學校走到山海，

沒有哪一條路是平坦的，但每一條路，我們都走得很認真。

還有一件我很自豪的小事是，這些年裡，我沒有被「自閉症」這個標籤困住，反而努力推廣「有聲注音溝通法」，想讓更多像我一樣無法流暢說話的人，能敲出自己的聲音，找到屬於自己的路徑。

更棒的是，我用打字的方式，寫出了我的第一本書——

《打字娃娃KAI的奇幻旅程》。

那本書，像一封偷偷摺好的情書（因為我害羞啦），寫給成長路上所有幫助過我的人，也試著讓更多人，看見特殊兒在這個宇宙裡，其實不止一種樣貌，不止一種存在方式，不止一種可能。

而且——

我還辦了一場簽書會！

感恩中華民國喜願協會（Make-A-Wish）幫我圓夢，讓我這個平常走在路上自帶隱形模式的人，也能過一把「偶像明星被閃光燈包圍」的癮。

（那天的閃光燈閃到，我差點以為自己拿了金鐘獎呢。）

但說到底，我最偉大的豐功偉業，其實只有一件事：我承認了自己是自閉症者。

並且選擇，帶著這個身分，繼續走下去。

不再拚命偽裝成「正常人」，也不必每天跟自己打無聲的仗。

我就是我。

一個奇奇怪怪，但也努力閃閃發光的星星。

（嗯，偶爾還會自己發射臭屁光波，不過沒關係，這也是特色啦。）

記錄到這裡，就夠了。

因為，活著，本身，就是一場最不簡單的豐功偉業。

偶像包袱

不知道從什麼時候開始，

我的生活裡，悄悄出現了一種名詞——「偶像包袱」。

一開始，媽媽還認為我想太多。

直到有一天，在清境農場騎馬時，有人在遠遠的馬場邊大喊：「欸欸欸！凱凱！程建凱！你也來騎馬喔！」

那瞬間，我差點從馬背上翻下來，馬也一臉無語地瞥了我一眼。

還有一次，我和媽媽在台北一〇一美食廣場喝飲料時，又被路人盯著看了超久。然後這位大媽直接不裝了，衝過來問：「你是不是程建凱啊？」

連去屏東四重溪溫泉公園閒晃，都有人跑來搭話：「不好意思，請問你是不是那個會打字溝通的小男孩……」

這才讓我意識到——慘了，我紅了。

（雖然只是微微的紅，但也是有光譜的好嗎！）

紅了就算了，

問題是，我圓滾滾的諧星型身材，怎麼看怎麼跟「偶像」這兩個字搭不上邊。

更何況，書也即將出版，簽書會也迫在眉睫——

這下子，偶像包袱徹底炸開了。

於是，我很認命地，決定減肥。

（拜託，總不能讓大家拿著我的書，來找一顆球簽名吧！）

但減肥，果然是人類史上最難的挑戰之一。

運動？好累。

少吃？好餓。

意志力？我沒有。

這該怎麼辦呢？

我只好祭出我最擅長的一招——「睡覺大法」。

我睡，我睡，我努力睡。

睡著了就不用管住嘴，自然也不怕肚子餓，而且睡覺還能順便燃燒卡路里，多麼一舉兩得的神仙操作！

各位千萬別笑，經過本人親身實測，我硬是靠睡覺硬生生睡掉了十幾斤肉，成功從圓滾滾諧星，進化成——韓國偶巴初階版。

（咳，當然啦，這套「睡覺減肥法」我可不負責任推銷，未必人人適用，畢竟不是每個人都能像我一樣睡出奇蹟。）

但不管怎麼說，

現在的我，走在街上被認出來時，總算能心虛又驕傲地想：

「偶像包袱，合格通過！」

簽書會

如果人生真有什麼一夜成名的感覺——那天，大概就是我最接近的一次了。

感恩中華民國喜願協會（Make-A-Wish）幫我圓了一個超級華麗的夢：在高雄ＡＢＣ牙醫聯盟的會議室，舉辦了人生第一場簽書會！

（特別感謝紀乃智醫師叔叔大力牽線出借場地。作為回報，我許諾這輩子的牙齒保健都交給紀叔叔了。紀叔叔，你可不能太早退休喔！）

一走進會場，我差點以為自己誤闖了哪個巨星記者會。

相機快門聲此起彼落，現場大人小孩排隊簽名、拍照、搶書。

連我媽都忍不住在旁邊小聲吐槽：「早知道你這麼受歡迎，我們就該來收門票了！」

更讓我又驚又喜的是——

我的老張叔叔醫師，居然特地從台北南下高雄來參加！

而且還帶了個專業攝影師，全程幫我拍攝記錄！（重點是，我事前完全不知道。）

那一刻真的有種：天啊，我是不是要出道了？（笑）

因為我無法流暢開口致詞，

所以特別邀請了同時期一起化療過的戰友——羿綾姐姐，代替我講話。

結果，羿綾姐姐一上台，話還沒講幾句，就哭得稀哩嘩啦，

現場瞬間變成溫馨催淚大會，連我媽都在旁邊偷擦眼淚。

整個簽書會的最高潮，當然是——作者本人我，隆重出場啦。

只是，簽到一半，我整個人一臉懵，手心狂冒汗，

拿著筆的樣子緊張得像拿手術刀，

每簽一個名字，心裡都在吶喊一次：

「我到底在幹嘛？這真的是在簽我的書嗎？」

（欸？他們真的知道我寫了什麼嗎？還是只是看到有人排隊就跟著排了？）

更慘的是，因為我肢體協調不太好，

硬是要簽中文名字的話，大概會被誤認成剛學寫字的小小孩。

聰明的我事先偷吃步，改簽簡單又帥氣的日文片假名「かい（ＫＡＩ）」。

所以——（偷摸偷摸）

（筆畫少又有異國風情，完美！）

不過說真的，

當看到有人小心翼翼捧著《打字娃娃ＫＡＩ的奇幻旅程》，

輕聲對我說：「謝謝你寫這本書。」

那一瞬間，我覺得，手再抖，嘴角再僵，都值得了。

那天，是我第一次，

從一個「常常沒人聽見」的小孩，

變成「有人專程來聽我說故事」的大人。

也許我的語言，還是慢、還是斷續，

但至少，在那一個下午，

我的故事，有了回音。

——所以，謝謝那天出現在場地裡的每一個你。

謝謝你們，用掌聲、用眼神、用一句「加油」，

把我從一顆怕光的星星，慢慢，推到能夠發光的地方。

（雖然照片裡的我笑得又僵又呆，但那天的心，是真的亮的。

照片會糊，笑容會僵，但還是帥哥一枚啦！）

上色

給世界的一封小情書

有些人來到這個世界，是為了征服；
有些人，只是來，輕輕為世界上一點顏色。
我曾經以為，我是透明的——既沒有光，也沒有影子。
只是被推著走，被時間塗抹成別人期待的樣子。
小時候的我，不太會說話，也不太會表達。
旁人看到的，只是一張沒有色彩的紙。
但那時的我，偷偷在心裡畫畫：畫很小的太陽，很小的船，很小很小的自己。
（別人看不見也沒關係，我自己知道就好。）
長大一點，我開始用文字上色。
寫下害怕，寫下喜歡，寫下那些不敢說出口的溫柔。

有些人笑我「太小題大作」，有些人叫我「太敏感脆弱」。
可我知道，那些字，是我唯一的筆，唯一的顏料。
現在的我，還是很微小，還是很不會說話，還是偶爾會害怕。
但我已經學會，不需要征服世界。
只要在路過的地方，留下一點點自己的顏色。
即使很淡，也夠了。
如果有一天，我不在了，
如果這些話、這些顏色，終究會被風吹散——
那也沒關係。
因為我知道，
哪怕只有一秒，哪怕只有一個人，
曾經在這裡，看見過我的光。
那麼，這一筆顏色，就是存在過的證明。
——給你。給世界。也給從前那個透明的我。

結語

活著真的很麻煩，但既然活著了，那就繼續吧。

給自己的承諾

這本自傳，寫給還在學著活下去的自己，也寫給那些走在同樣路上的人。

我想記下來。
因為這些真實存在的日子，才是我活著的證明。

世界不會為我改變，
但至少，我可以選擇不被世界定義。

為什麼不是世界來適應我？
我的存在，不是誰的麻煩，也不是誰的錯。
如果有和我一樣的人，
那我想告訴你：

我們不需要成為誰的標準答案。
這世界或許不會理解我們，
但沒關係。
我們可以理解自己就好。

——給仍在路上的你

活著，比想像中麻煩

癌症、自閉，還有活著這回事

作　者	程建凱
總編輯	龐君豪
視覺設計	楊國長
發行人	曾大福
出版	暖暖書屋文化事業股份有限公司 地址　106臺北市大安區青田街5巷13號1樓 電話　02-23916380 傳真　02-23911186
總經銷	聯合發行股份有限公司 地址　231新北市新店區寶橋路235巷6弄6號2樓 電話　02-29178022 傳真　02-29158614
印　刷	博創印刷
出版日期	2025年09月（初版一刷）
定　價	400元

國家圖書館出版品預行編目資料

活著,比想像中麻煩 : 癌症、自閉,還有活著這回事/程建凱著. -- 初版. -- 臺北市 : 暖暖書屋文化事業股份有限公司, 2025.09
336面 ; 14,8×21公分
ISBN 978-626-7457-42-9(平裝)

863.55　　114007980